陳長慶作品集

一九九六~二〇〇五

散文卷(一)

【代序】

木棉花開致友人書

——贈陳長慶

張國治

啟開了John Walk的封印
就啟開了年少塵封的記憶酒窖
望海的心情
一如年少理想的放櫂、眺遠
而詩心先醉
寫給你的詩還未揮就呢？
二十載的浯島拓荒
是一個艱深的泥印
重重踩在紅褐土的田疇

你我相偕走過，然而
綠色的阡陌
你曾休耕，棄守
黃昏一盞古老油燈
徒留我風雨閃曳中
如今
歸來是一記
震響的宣示
一如記憶中的炮擊
走過故國神州
海南島的春天
走過故鄉蒼老的石板巷陌
啟開地窖酒釀的塵封記憶
時光並未走遠
仍在我們的記憶及文字中
華髮雙鬢

即使早生霜露
我們靜靜守候故鄉
最初的愛，不改身世
一如最初的濃烈
年年春天
木棉花開新市街深
垂落許多美麗的期待
嗨！可還記得那寂靜的
諾言……。

（本文作者張國治先生為著名詩人、畫家、攝影家。現任國立台灣藝術大學視覺傳達設計學系所專任副教授。）

【陳長慶作品集】

散文卷・一

目次

江水悠悠江水長

江輪「中國之夢」終於起錨了，那嘩啦嘩啦作響的鐵鍊聲，給這悠悠的江河增添不少美的樂章。

我們何其有幸，在離開人間不遠的今天，竟能踏上這塊夢想中的土地，轉而航行在這條中國人引以為傲的江上。江水雖然混濁，兩岸的自然景觀也被這世上最險惡的人類所破壞，但我們永無遺憾，恨不得俯下身去，飲一口長江水，飲出它的平靜祥和，飲出它的溫柔敦厚！

走上甲板的觀景台，黃鶴樓離我們漸漸遠了，它消逝在武漢長江大橋的暮色中。江輪也燃起了燈火，霧也開始輕飄，夜的情愫蠕動我們即將溢出的淚水，這孕育著中國最大經濟地域的江河啊；您是祖先遺留下來的光輝代表。

在船長的歡迎酒會上，我們舉起那注滿紅酒的高腳杯，為我們相識三十年而在家鄉說不上三十句話的遺憾而乾杯，為我們踏上故國河上仰望長江的星空，俯首悠悠江水而乾杯。然而，我們乾的不是紅酒，而是累積四十餘年思鄉的腦汁和淚水。我們輕輕地搖搖頭，含著淚水相視而笑。

那位年輕的經理說：

船長是江輪最優秀的船長
大副是江輪最優秀的大副
水手是江輪最優秀的水手

而我們呢？

我們不是口嚼檳榔、腰掛嗶嗶機、手持大哥大的「呆胞」。我們是來自金門，歷經八二三砲戰、六一七砲戰，沒被打死的英雄，想不優秀也難！江輪平順地航近那嚮往已久的西陵峽，在雲霧中，只感到山頭煙雲繚繞，橫陳的峭壁與那挺拔的線條交織成美的韻律，我們在觀景台久久地佇立著。突然，李白的〈下江陵〉不約而同地從我們口中輕輕地吟出：

朝辭白帝彩雲間
千里江陵一日還

兩岸猿聲啼不住
輕舟已過萬重山

雖然李白是由四川下江陵，而我們由武漢逆流遊江，不管它是順流或逆流，這首詩是我們最完美的詮釋。

在船上待了將近七十幾個小時，我們選在「沙市」一個簡易的渡口上岸。能暫返陸地，也算是身心上的一種解放。儘管它不是我們理想中的城市，但這卻是我們的土地，我們沒有理由不愛它，不喜歡它。「荊州城」雖然沒有長城的雄壯和寬廣，然它卻環繞著整個荊州。一塊塊方方整整的巨石和赤紅的小磚塊，砌成一個古老的城門，也同時告訴我們一個血肉相連的歷史故事。驀然，一隻驢子馱運著二桶水肥從身旁走過，那熟悉而親切的味道，在異鄉長滿青苔的城門下，讓我回憶，讓我憶起五十年代農家生活的情景，怎不教人淒然淚下。

江輪航向雄奇險峻的瞿塘峽，我們由一艘鐵殼船接駁，再改乘小木船進入神農溪。這條由長江分出的支流，溪水清澈見底，兩旁高聳的巖石峭壁，岩塊堆疊成冊，好像進入了一個神話世界。船老大在船尾掌舵，兩位船夫在船頭撐篙，船老大唱起了不知名的山歌和情歌，那嘹亮的歌聲和掌聲，在這溪流峽谷間久久地飄蕩著。

突然，小船被一波急流沖向佈滿峭石的岸邊，只見船夫撐起長長的竹篙，把一邊的鐵茅對準巖石的空隙處，使勁地一撐，小船又回到原先的航道，這個驚險的鏡頭，或許只有在電影中才能看得到。

我悄悄地把救生衣的環扣解開，希望再遇到一次更大更險的急流，讓小船撞上岩石而沉沒，其他同伴因有救生衣而生，我卻願意長眠在這與世無爭的深山溪谷裡。那空谷清音將是我最好的催眠曲，溪底翠綠的水草是我最柔軟的溫床。神農溪啊，神農溪：沒有更恰當的辭彙來讚美你，你的名字就叫美麗！

江輪到了重慶，也是我們旅遊長江三峽的終點。

重慶是霧都，也是有名的山城。放眼一看，一片白茫茫的濃霧，遮掩了整個山城的輪廓，從窗口望去，像似一幅沒有著色的抽象畫。看過三峽的奇偉蒼翠，再看那白茫茫的重慶，卻也有幾分新鮮感。

臨下船時，中國之夢的服務小姐列隊來相送，在這個美麗的隊伍中，那姿態輕盈、柔美，清麗可人的川姑娘正在向你拋媚眼哩。朋友，快快下船吧，重慶雖然是我們的省份，但畢竟是異鄉。異鄉多美女，浯鄉也不缺，如果時光能倒回三十年，我將在這濃霧茫茫的山城，以雄壯而略帶傷感的音韻，為你們高歌一曲：

15 / 江水悠悠江水長

我住長江頭
君住長江尾
日日思君不見君
共飲長江水
此水幾時休
此恨何時已
只願君心似我心
定不負相思意

一九九六年七月作品

木棉開花時

那天，你帶著《帶你回花崗岩島》蒞臨新市里，怎麼地門口那幾株天天見面的木棉樹突然感到很陌生，它們什麼時候長得樹幹粗大枝葉茂盛，那凹凸不平的主幹還長著一片片的青苔哩；地面紅磚的空隙處也冒出了幾株小草，倒也把它襯托得很柔很美。然而，詩人：當你投身在我的眼簾時，銘刻在你臉上的是血與淚凝結而成的成果，在詩之國度裡，你歷經多少心靈上的風霜雨雪始終無怨無悔，你忍受著同齡不該有的寂寞與苦楚，為詩與藝術奉獻出你寶貴的青春，又有誰能真正領悟到——

我也想起那島
在遠遠的天際，憂傷化為鄉音
無人再走過，跫音沉寂
我依然
與一片冷冷風孤獨對晤

恆以流浪變換日子速度

在詩的園地裡，你得獎無數、出書數本的今天，你仍然沒有把家鄉這塊唯一的副刊園地給遺忘，那充滿感性的詩篇，那中肯的讀詩札記，讓文友們分享你成功後的喜悅。雖然，每位欣賞者對詩都有不同的解讀方式，但詩與文學卻從不歧視它生存的地方，因而，浯鄉金門也是你選擇的一部份。

我們走出新市里，告別了青翠的木棉樹，走向木麻黃扶疏的林蔭大道。七月火爐般的太陽，悶熱的氣溫，我們的汗水也開始滴落，滴在那乾枯的田埂上，滴在那龜裂的池塘裡，而那片辛勤耕耘的農田，枯黃的葉脈怎能結出飽滿的禾穗。

我是一顆種子
在覆蓋著苦難的土地
犁鏟下翻過身子，使勁爆開
從上古穿過漫長五千年
從黑暗中還原成
最淳香最堅實的容顏

詩人：這首詩的一小段是你在異鄉所寫，而當你日睹故鄉久旱不雨，眼看那一片枯黃的田野，已失去原有的青翠，像那垂死的天鵝令人惋惜。雖然你創作的背景是異鄉，他們有充分的水源可供灌溉，而家鄉仍然停留在舊有的年代，讓那些終年辛勤耕耘的父老，不知流的是汗水還是淚水，我們情不自禁地要問，人真能勝天嗎？

在烈日艷陽的陪伴下，我們滿懷歡欣地來到一個古老的小農村，在鄉村整建的方案中，當然，它也不例外，昔日的羊腸小徑已鋪上厚厚的水泥，牛舍豬舍在村子裡已見不到，幽雅而整潔的四週，提昇了居民原有的生活品質，但人口的外流卻也讓它顯得冷清。在臨海的小路上，兩旁的野草野花已逐漸地向中間蔓延。沒人居住的古屋，破碎的瓦片倒塌的石塊堆疊在那株獨自生存的苦楝樹下。往日的四合院，只留下祖先的牌位獨守破屋，同時兼負著保佑旅外子孫的重責，祂們期盼有一天旅外的子孫能回來重修，以免再受到無情風雨的摧殘。

我們在巷口的陰涼處停下，享受著這頭與那頭對流的微風；微風卻也把我蒼蒼的白髮吹得一團糟，我並沒有刻意去理它，自然總比虛偽好。

我們繼續往東走，享受著市區所沒有的寧靜，品嚐沒有被污染的新鮮空氣。在復國墩的一家海產店停下，我們選擇鐵皮屋的二樓用餐，那寬大的窗戶，足可飽瞰東海岸的風光，那湛藍的海水，白色的沙灘，險峻的巖石，北碇島就在我們不遠處。你用廣角鏡頭，把東海岸的美景一一記錄在底片裡。

我悄悄地取出那瓶存放很久的「約翰走路」，當斟滿小小的一口杯時，我們的視線正重疊在一起，詩人：酒不是靈感的泉源而是友誼的溫泉，乾了這杯再一杯；乾了這杯再一杯吧！然而，我們卻無心品嚐這瓶美酒，窗外迷人的景色，以及聲聲作響的濤聲，讓我們久久地沉默。仰望那茫茫的大海，依稀看到那些為躲避颱風而疾駛回港的漁船。我們轉回頭，看酒盒上身穿紅衣戴黃帽，足登馬鞋右跨一步的「約翰」，他揮著枴杖，笑咪咪地站在那兒並沒有「走路」，而時光卻已走遠，雖然約翰不走路，但我們是該走的時候，走在這條寬廣的人生大道。

祝福你了，詩人：當新市里的木棉開花時，我將把它寫成一首詩，寄給遠方的你。

一九九六年八月作品

武德新莊的月光

走過山外溪畔，我佇立在橋頭的不遠處，俯視兩旁低垂的楊柳，在惡臭的溪水滋養下；在不知名化學藥品的浸染下，卻也讓它產生無名的抗體，默默地成長茁壯，無言無語地低著頭、彎下腰，展現出迷人的丰采，等著人類來觀賞，來禮讚。

溪水的源頭是太武山谷，山澗的清泉流水，是誰改變了它清澈的命運？是誰讓它的溪水混濁惡臭？讓布袋蓮圍繞著整個溪面，像覆蓋一層綠色的布幕。

朋友，三十年前〈溪流的懷念〉，你懷念的可曾是環繞新市南端的山外溪，那時溪水清澈，水流潺潺，幾朵荷花含苞待放，幾隻野雁游上游下，逍遙自在。溪旁的青草地，歇腳的小鐵椅，多刺的紅玫瑰白玫瑰，把新市里美化成一座清新脫俗的小城市。而今天，這些景觀已遭破壞，商業層次是提升了，平地也起了高樓，青青的草地相對地減少了，可憐的市民們，該走向何處？在木棉道上漫步，或者到太湖畔打太極拳！

跨過馬路，走在圍籬下的紅磚小道，晚風徐徐，星光閃爍，月兒卻在遙遠處，這寧靜祥和的武德新莊啊！我終於走在你那不太寬廣的巷道上，敲開五十九號的金黃大門，那高大魁梧的主人，遮掩住我瘦弱的身影。

坐。請坐。請上坐。

茶。泡茶。泡好茶。

那不必要的陳腔老調，在卅年歲月的考驗下，已離我們遠遠，我們擁有的是一份亙古不變的友誼。

費了不少時間與心血，你終於把《金門古式農具探尋》呈現在讀者面前。書的封面是一坵坵長著禾穗的高粱田，田的背後隱約看見的是一個小農村，你把美麗的景色，以及那頭戴箬笠，張著雙臂的稻草人也一併記錄在書本裡。然而，那斯斯文文的稻草人，君不見鳥兒正在啄食它的雙眼，與這欺善怕惡的社會又有什麼兩樣。鳥兒雖小，五臟俱全，膽量更大，牠們成群結隊，吱吱喳喳，蹦蹦跳跳，從稻草人的雙臂跳上頭頂，左觀右顧，怕的只是一個險惡的雙面人。

從整本書的架構上，你探尋的不只是古農具，你把故鄉的農耕文化，農民生活概況，都做了極詳細的報導和說明，光是一把鋤頭、一根扁擔，你都費盡心思以最美的效果，最能展現出古代風格的攝影技巧把它拍攝下來。你呈現給讀者的，不只是一根扁擔，一把鋤頭，而是力與美的展現；是血淚相連的組合，相信讀者雪亮的慧眼，是最好的詮釋。

你經常地提起十二歲的那年，沒有馬兒高的個子，卻馱運著百斤重的食鹽，由西園經吳坑、經英坑，往大地的泥土路行走，而那稚齡的小馬，卻負荷不了沉重的貨物，四腿軟化在西山前的小坡上，鹽與馱架一起翻落在山溝裡，雖然它只是你一點小小的回憶，但如果沒有親自去操作去體會，什麼是馱架、什麼是馱籠、什麼是粗杓、什麼是牛目蛤，會把新一代的年輕人，問得啞口無語。

朋友，我們都清楚，社會愈進步，工商業愈發達，國民生活水準愈高，相對地，農業的衰退愈快。我們守著祖先辛勤開墾的農田，不肖子孫卻和投機商人相互勾結，把那五十年代賴以維生的農田，建起了高樓，得到的銀子卻吃喝嫖賭樣樣來，儼然成了「社會人士」。然而，他們忘了，社會善變，時代要變，歷史也會變，老天如果有眼，就讓時光倒轉五十年，讓他們重新去墾荒吧，讓他們穿西裝打領帶去挑水肥吧！這些不知死活的社會人士，怎不教人失望和痛心。

廿餘年沒有進過你那佈置幽雅的小庭院，朋友，快快把那些「裝蒜」的水仙花搬走，你就把棕簑跟箬笠掛在牆上。把犁、牛軛車、馬軛車、鋤頭、釘耙、三齒、耙耒、十二齒、糞箕、巡箕仔、狗耙仔陳列在庭院的左邊；把粗桶、粗杓、馱架、馱籠、馱桶、馬籠頭、牛灌筒、牛目蛤擺在庭院的右邊。而中間，中間，中間就放個缸吧！

想當初，你那感性的散文何止是〈溪流的懷念〉，在你心甘情願、無怨無悔投身在鋤頭與糞箕的同時，粗桶、粗杓、牛目蛤都是上等的文藝創作題材，浯鄉這塊副刊園地就期盼著你這位逃兵能歸隊。你拿鋤頭我荷犁；你拿狗耙仔我拿糞箕，繼續耕耘吧！我們期盼一個豐盈的季節。

朋友，夜已深了，月兒正停留在武德新莊的上空，照耀著這個寧靜祥和的小社區。微風輕輕地吹起了我的衣裳，帶來了一絲清涼意。喔，是秋天了！

一九九六年九月作品

棕櫚青青致魯迅

在往高崎機場的途中，我們冒著三十三度的高溫，在廈門大學的校園裡，想親睹你身穿唐裝、瞇著小眼的畫上風采。兩旁的棕櫚樹，搖曳著墨綠與青翠，像護衛你的戰士。白色的馬賽克，貼滿你橢圓的拱門，「魯迅紀念館」五個蒼勁的金色大字由郭沫若親題，以他當年的文化部長身分，的確是對你禮遇有加。儘管岸的這邊稱他為「文丑」，然而，現在我們必須把政治與文學分開，因為文學是不必要去承受那些政治包袱的。先生，倘若你地下有知，也會同意我的觀點。

可是我們何其不幸，廈大正值暑假，朱紅的大門無情地把我們阻隔著，你在門的裡頭；我們在門的外頭，無緣瞻仰你粗黑的小平頭，以及唇上八撇中間多一叢的鬍鬚，怎不教人遺憾終生。尤其想到我們即將離開廈門，回到一水之隔而必須繞行萬里的金門。先生，如果你知道這一水之隔竟是那麼遙遠，想不生氣也難。那些社會人士口口聲聲高喊著兩門要對開。然而，開、開、開，曇花開時總一現，玫瑰開時只不過一天，那有花開不凋謝，此門焉能比他門，只有你兩旁的棕櫚樹，常年翠綠萬年青。因而，我們要〈吶喊〉，不是〈徬徨〉；我們要寫〈狂人日記〉，不是〈阿Q正傳〉。我們不願阿Q被槍斃，更不願他被殺頭。

那天在武漢的書攤上，我正翻閱著你那厚厚的小說集，想把兩岸的版本作一個比較，那位甜甜的女孩看了我一眼說：

——老先生，這是一本好書。

我微微地一笑，向她點點頭說：

——先生不老，只是華髮早生。

是的，這是一本好書。好在什麼地方？什麼地方好？我們都說不出一些令人心服的理由，也讓你道破了我們內心的感受。

——中國文人的假身段，好讀書；不求甚解！

從你的作品中，我們深深地體會到：你質疑舊材料；卻從裡面挖掘出現代的感觸來豐富你曲折的文人歷史感，更以道德家之姿，揭露中國世道人心的真相。你的摯友瞿秋白說：你是「中國文人階級的叛徒！」，先生，你可同意他的說法？

而令人不解的是你少時習醫，卻死於肺病。

五十六歲在平凡的人生裡或許是老年，而在你不平凡的生之涯，應該要解讀成英年；三十七公斤的體重，只是皮包骨，未完的〈因太炎先生而想起的二三事〉又有誰能替你續完？三十八歲你完成中國新文學中的第一篇白話小說〈狂人日記〉，繼而完成〈孔乙己〉，你為阿Q立傳的那年已四十一歲，也是你文學生命的最高峰，文評家卻只用「文筆老練，思想深切」來形容你，來推崇你。

先生，此生雖然不能替你立傳，但在我腦未昏、眼未花、手未抖的有限歲月裡，必須儘快把你記錄在我生命的扉頁裡。

再見先生！先生再見！

廈門航空公司的班機已在高崎國際機場等候多時，當兩岸正式架起直航的橋樑，我將訂製一套唐裝、一雙布鞋，肅立在你的畫像前，向你致最敬禮！只是深恐，未能如願先作古……。

一九九六年九月作品

蚵村掠影向黃昏

從榮湖的堤畔走過，在金沙三橋的不遠處，我們右轉；在一條老舊的水泥路上行走，兩旁墨綠的秋季高粱，幾株早熟的主莖已吐露出結實的禾穗。前些時的颱風，並沒有把它們摧殘，反而帶來充沛的雨水，滋潤它將枯萎的禾苗，看那一片翠綠，豐收的季節也將來臨，辛勤耕耘的父老們，你們的汗水不會白流！

田埂上，白茫茫的蘆葦也隨著季節的變換，順著風向；彎下了腰，展露出兒時的記憶和舊夢。然而，我們沿著環島北路漫行，來到這臨海的蚵村，卻是為了尋找築巢在這裡的白頭翁。

走進村子裡，一股鹹腥味來自屋簷下那籃未經剖開的海蚵。村婦以粗糙而熟練的手，用蚵刀剖開蚵殼，取出肚白耳黑的鮮蚵，摺放在桌上的空罐裡，蚵桌歷經無數蚵殼的剖割下，佈滿著歲月遺留的痕跡。一小塊一小塊白色的小薄片是蚵殼的殘留物，隨著蚵殼內滴落的液體，含鈣的養份造就了白頭翁天生的硬骨頭。任憑最精密的捕鳥器，它都能靈敏機智地跳離人類設計的陷阱。在苦楝樹上、在相思樹上，在那棵總有百年的古榕上，築起了愛的小巢，唱起悅耳的歌聲，為大自然平添一份難以言喻的美感。

我們在一幢古屋門前停下，一落四舉頭的福杉大門已深鎖。門外留下一張破舊的蚵桌，以及一些蚵殼，在歷經風吹雨打後，蚵殼已變得純白，它也是燒灰的上等原料。曾幾何時，白灰已被水泥所取代，不再受到人類的青睞，在大地裡，成了一個微不足道的小角色，也讓我們深深地體會到：當人類需要時，是一塊寶；不需要時，像要剷除世紀大禍害似的，怎不教人寒心。

鐵絲網圍住的是海的那一邊，海水已退潮，一條畢直的海路在水面浮起，一塊塊蚵石，維持著養蚵人家的生計，他們默默地承受海水的浸蝕，含鹽的水份把他們的皮膚染成古銅色，任憑男男女女老老少少。棉製的工作手套已起不了作用，還是用粗糙的雙手比較靈活。一鏟鏟，鏟下的是無數個蚵的生命。雖然，同是生命，但有你卻無我；有我怎能容下你？在宇宙中，你只是一個弱勢的生命，弱肉強食已是千古不變的定律。若你得道成精，人類還是會把你放進油鍋裡，炸出你的精華，作為下酒的佳餚。

在蚵石周圍的泥地裡，那噴出小小細細水柱是血蛤的蟄居處，當我們把手伸入污泥中所拾取的，卻是蛤殼堅厚，肉質瘦小的血蛤；我們的海洋已受到嚴重的污染，竟連血蛤也懂得以堅硬的外殼來保護自己，人類拾取的已不再是肉鮮味美的海產；而是寄生在五味雜陳的污泥中，含有多種氣體的蛤類。它們多麼希望諸位老饕不要再拾食它們，讓它們無怨無悔，與泥為伍、與海為生。雖然暫時受到海洋污染的傷害，總比讓人類拾食好，畢竟還保有一絲苟延殘喘的生命，能活著，是可貴的。

太陽已從巨巖重疊的太武山頭滑過，停留在碧波蕩漾的海灣中。金廈海域裡，漁舟帆影，出沒其間。幾聲浪拍蚵石的巨響，告訴我們是漲潮的時候。海水逐漸地掩蓋了蚵石，湧來一些骯亂的雜物和漂浮在水面的油漬。如果人類再不妥善護衛著海洋生態，小小蚵村不久將失去原有的光彩，或許將徒留蚵殼向黃昏，怎不讓那些賴此維生的養蚵人家寢食難安、憂心如焚？但願夕陽映照的是湛藍的海水，不是養蚵人家。

一九九六年九月作品

千楓園裡楓葉飄

在碧山環繞了一圈，我們沒有在這純樸幽雅的小農村停留。「睿友學校」的紅瓦屋頂以及獨特的仿古校門，依稀在腦裡盤旋；巨大的石柱頂著從內地運來的福杉樓板，壁上的石灰雖然有點剝落，先人的捐資興學也成了歷史。然而，從睿友走出的學子，不管從事任何行業，都沒有辜負先人的期望和教誨，雖然不是人人才華出眾，但就像這古樸的小農村，善良、敦厚、知書、達理，在這個現實而令人不安的社會，我們還能企求什麼？還能期望著什麼？

從它的北面，我們踏著潔白的沙路，經過一片密密麻麻的相思林，穿過佈滿三角刺而延伸到路旁的綠籐，我們管叫它「刺仔花」。每年的春天，它會開出一小朵一小朵白色而清香的花蕊。

刺仔花開白白
阿娘罵我毋顧家

阿嬤罵我毋紡紗

這三小段兒歌，也必須用本地方言才唸得通，或許，它是提醒賞花的孩子們，別只管看花，不要忘了要看家、要紡紗。

我們順著那條被雨水沖得滿是小坑小洞的山路走下，「千楓園」三個紅色的大字刻在那塊扁扁的巨石上。人們為它設計了一個能承受它的基座，鋪上了地磚，砌了幾口花盆，砍掉野花野草和木麻黃，從東西到南北，從山的這頭到那頭，從路的這邊到那邊，遍地植滿了楓樹，山頂的深凹處，卻架起了一座小小的拱橋，缺水多時的小池塘，青苔已乾枯地翻起了底部的泥沙，石縫裡的野草已失去了原有的生機，只留下尾部那些鼓鼓的種子，一經明年春風的輕拂；一經春雨的滋潤，又是一株青翠而惹人憐愛的小小水草。

走過拱橋，在另一個小小山頭上，一座前清古墳完整如初，如果沒有海岸上那些高大的防風林阻擋住，它將可以日日夜夜凝視后扁沙白水清的海灘，以及對岸的漁舟帆影。先人講究的是風水，現代人也迷信了它，如果按先後順序排列的公墓，不知是否還有好風好水讓後人來改運？這是值得我們深思的問題。

千楓園由碧山往山后的下坡處為起點，繞完了整個園區，卻品不出北國那種「楓葉紅，秋來臨，楓葉飄來滿地情」的況味。美麗的葉片已被蟲兒啃食得殘缺不全，蟲絲纏繞在葉與枝的間隔處，不完美的楓葉，又有誰願意來拾取，雖然美學家說殘缺也是一種美，然而，追求完美卻是人類與生俱來的本能。中秋過後將是深秋，楓紅菊黃在人間相互爭輝著。昨夜那颯颯的秋風，吹落了滿園的楓葉，把這小小的山頭染成紅紅的一片，儘管它殘缺不完美，這或許是天意，我們就試著來接受它吧！

一九九六年十月作品

秋陽照慈湖

我們把車停在慈堤西邊高大木麻黃的樹蔭下，針狀的枯葉隨即飄落在那不太明亮的擋風玻璃上，我們無語地提著相機，走在這秋陽映照的慈堤上，只為了想飽覽慈湖漲潮時的自然美景，看那一波波柔美的浪花，輕吻著慈堤佈滿青苔的基座。

廿四年未曾重遊過的慈湖，它的自然景觀與視野，已被那毫無詩意的木麻黃圍繞住。幾十年來這批常年翠綠高大挺拔的樹木，護衛著小小島嶼免於被風沙埋沒。然而，它們是否也該功成身退？或者讓它戍守在臨海的第一線，島內這些景點就不能以其他灌木來取代？在冷氣辦公室裡的林業專家已遺忘了「林相改良」的專業名詞。我們打從鄭成功祠走過，英雄無淚亦搖頭，漁舟帆影在何處？

在慈堤的另一個角落，我們從木麻黃的空隙處仰望對岸朦朧的山巒，你用長鏡頭相機代替望遠鏡，那麼認真詳細地想記錄一些什麼，是山？是水？還是那波濤洶湧的大海？你的心扉、你的思維裡再也沒有那些優美的散文，梭羅與你無關，濟慈與雪萊離你更遙遠，心中已沒有孤獨和寂寞，擁有的是一片屬於你的小天地，一張古式的眠床伴你到天明，往後將是「古井」與「吊烏」的探尋者。你深刻地體會到，文藝創作的生命是短暫的，再好的散文、小說和詩歌並不能與那些古文物相提並論，因而，你企圖為浯鄉留下一個完整的探尋記錄。

易君左親題的碑石已見不到東南西北的光芒，高大的木麻黄，覆蓋在慈亭的頂端，人工刻意染上的色彩，已難以與這自然的美景相搭配，我們想的難道是那「湖山隱隱籠輕碧」，還是「湖波淡淡斜陽色」。

在慈堤的東邊，我們目睹那水勢湍急的小小閘門，它順著海水的漲潮，穿過地下的溝渠，以雄壯的姿態快速地奔馳，像那無情的光陰，急速地流向北堤的養殖人家，只是溝旁的護牆，已失去了原有的牢固，就像那逐漸褪色的人生歲月，還能在它急湍的流水下撐過幾年？我們想的已不是風華絕代；而是殘竹敗柳。我們的心中已沒有熱血在澎湃，而是一杓死水。人生幾何？又要用什麼公式來計算，一年只不過是一個泥腳印，但我們又能踏出幾個生命中的泥腳印？是燦爛的、是輝煌的，或是不幸的！我們不需作任何的詮釋，從那裡來，就從那裡走，生命只不過是二個文字的重疊，雖然它曾經為我們帶來歡樂，但卻沒有帶走我們的痛苦，難道它是我們人生歲月的平衡點，就好比我們所站的慈堤，一邊是湖，一邊是海；湖與海總是生命的共同體，失去任何一方，總讓我們覺得是一種殘缺。

我們重新走回慈堤的西邊，潮水已漲到木麻黃下的鐵絲網，漂浮在水面的是那些令人厭惡的保力龍。公德心已從人們的體內剖離；虛偽、不實、好大、喜功，像披了一件綢緞綾羅的外衣，矇蔽住人們的良知，留下一個蒼白的面孔，一個經不起風吹雨打的身體，這就是「只要我喜歡，沒有什麼不可以。」的新新人類。是的，或許歷史不會再重演，在陰暗潮濕的防空洞裡躲砲彈的日子，他們沒有歷經過，卻甘願與燦爛的金色年華擦身而過，墮落在那醉生夢死的可怕歲月裡。

潮水把堤邊那塊小小的沙丘也淹沒了，濺起了一片白茫茫的水花，我們來不及捕捉它的艷麗，讓它那麼沒有顧忌地來去自如，這叫自然。美學家說過自然就是美，然而，審美也得看環境，看心情，我們真正懂得自然嗎？我們不懂；也不瞭解，因為這世界處處充滿著虛偽，而虛偽遮掩住自然，既然我們看不見，怎麼能說懂。

秋陽此刻正在慈堤的上空偏西一點點，汗水從你鬢邊白色的髮際滴落，是秋陽映照下的悶熱，還是缺少一絲清涼的秋意，我們無語地把目光投向閃爍著金光的慈湖秋水，水波柔柔，湖水清澈，獨不見那翠綠青蒼的水草，難道我們的雙眼已花，歲月已輾過我們金色的年華，漲潮的時序已過，我們祈求生命中的潮水永遠永遠不退，能嗎？或許，只能祈望不要遇到大風大浪，讓它緩緩地、自然地退向生命中永恆的沙丘。

一九九六年十月作品

在小徑南端的斜坡上

瞻仰你「民族正氣」四個熠熠生輝的大字，是在中秋過後的一個上午。朋友把車停在護牆旁的路邊，長長的石階有我們高矮的身影緩緩而上。紫羅蘭的籐蘿已把你的衣冠塚團團圍住，綠葉與籐蘿相互纏繞，伸出一節教人不忍心折下的細嫩紅花，割下的野草和枯枝，燒成了一堆灰燼就在你的右前方，他們何止燒了野草枯枝，也沒放過那一地翠綠的草坪，淡薄的人情；世俗的雙眼，沒有人會覺得惋惜的，畫家與詩人總是與你擦身而過，就任那些庸俗的觀光客來踐踏。她們能看出什麼？知道什麼？受過專業訓練的導遊，說得口乾舌燥，她們卻揮著五味雜陳的小手帕，要揮掉淌在耳邊的汗珠，她們不忍心擦拭抹在臉上的脂粉，更深怕擦掉那虛偽的容顏。

朋友用傻瓜相機為我拍下一個傻傻的身影，在你莊嚴肅穆的墓園裡，我們不懂得雙手合十喃喃自語地膜拜你，你的碑石與其他人並沒兩樣，只是文字有些差別，世人尊稱你為王，其他人卻稱公。然而，黃土覆蓋的意義卻相同，你能看見什麼；又能聽見什麼？他能看見什麼；又能聽見什麼？只是你有高大的門樓牌坊，獨立自主地長眠在這依山面海的絕佳風水地裡，每逢你的生辰忌日，後人總不忘為你上香奏樂，那悠揚的樂聲就好像這空谷上的清音，讓那樹、那花，那遍地的野草與你共享深秋的最後樂章。

在你塋前的涼亭裡，刻意粉刷的油漆已剝落，那些化學品終究是抵不過自然的腐蝕。地面上的水泥，已浮現出少許的沙石以及一條像皺紋般的裂痕，較為完好則是撐著亭蓋的水泥柱。古銅色的千斤鼎，遙對著你異於常人的墓碑，不管太陽東昇，或是落日夕照，總能親吻你塋前最完美的裝飾。然而，它代表著什麼？可曾是你的「忠貞不渝」還是「大義凜然」，歷史學家已為我們做過完美的詮釋。而你的新塋或舊塚，奉厝的是你的「衣冠」還是「靈骨」，考古學家迄今仍然爭議不休，像那彈久了的琴弦，失去了美妙的音符。

朋友用手輕拍了那渾厚堅實的千斤鼎，想拍出它的茫然；還是莊嚴？怎麼地左看右看都像極了廟堂裡的大香爐，只是裡面沒有善男信女祈求的「香灰」，它真能潔身祛病保平安？儘憑藉著人們無知的信仰，把灰色的粉末和水攪拌，飲下後腹痛如絞、疼痛難忍，再虔誠地膜拜已起不了作用。人，是個不折不扣的弱者，喜歡求神問卜來否定自己，讓神來引導，走向一個虛無飄渺的世界。

朋友重新擺著攝影家的姿勢，要我瘦弱的身軀立在千斤鼎左邊，拍下一張老終時可懸掛在大廳牆上的照片，然而，我的手該放在什麼地方呢？插腰、雙垂、環繞在背後，或者撫摸著這千斤鼎的炕緣兒。而我的臉呢？是微笑、嘻笑、咧開嘴狂然大笑，還是繃著臉兒不笑。不，我該選擇眾生無法忍受的傻笑，在這個現實而勢利的社會裡，不必羨慕別人的豐碩成果，也不必計較無知者的批評漫罵，就讓我們傻傻地走自己想走的路，跌倒了；再爬起來，不要期望別人的扶持。

朋友提著傻瓜相機，怎麼總像背負著你塋前的千斤鼎那麼地沉重，他的汗水已由額頭往鬢邊淌滴著，晶瑩的汗珠可是承受著心靈中不可缺少的友誼，抑或是在這秋陽映照下的悶熱，他無語地凝望晴空，他想的可是這古典的莊嚴還是偉壯和榮耀？

秋陽已停在柏樹的頂端，射下一道金色的光芒，然而，這金色的人生歲月我們將走完，晚景的淒然落寞總要來臨，只有你能光榮地長眠在這依山面海，常年翠綠，井然優美的山腰裡。

一九九六年十月作品

永不褪色的彩筆

謝謝你邀我共賞「平生寄懷」書法水墨展。

紅色的邀請卡，隱藏著蒼勁有力的「淡兮其若海」，感性的邀請辭則在中間展露。烏雲密佈下的古厝，褪色的磚瓦，斑駁的白灰黏土，堆疊在巷口的棄石，你以細心的觀察，以藝術家敏捷的思維，不放過一磚一瓦；不放過那老舊而破損的一門一窗，把代表著涪鄉古色古香的傳統建築，溶解著古典的莊嚴和幽美，創造出你自己的藝術風格。

來到你展出的畫廊是在一個假日的晌午，鮮紅的花籃和賀卡，報刊的介紹和賀辭，如果沒有你高尚的藝術情操和素養，擁擠的人潮；簽名簿上的千名百姓從何而來。

走近那長長的桌旁，想在你那代表著尊貴的簽名簿上留下名和姓，然而，當我提起沾著墨汁的毛筆，卻總像千斤那麼地沉重，我的思維更像你尚未著色的棉紙，一片空白。我俯下身，握緊筆，該用行書，還是草書；該用楷書，還是隸書，讓我悵然不知所措。我輕輕地放下筆，像放下千斤重擔，怎敢在你書法水墨畫展裡，留下一個行、草、楷、隸四不像的名和姓。

在你那構圖新穎的「武夷風光」瓷瓶前，我們久久地佇立和觀賞，雖然你沒有把武夷山三十六峰七十二岩全展現出來，然而，在有限的畫面上，我們仍然能看到那撲朔迷離、雲影縹緲、峰巒巍峨、氣勢雄偉、群山競秀的武夷景色。看那頭戴箬笠，撐著竹篙，在竹筏上飽覽勝景的老師父，我們想起了岡巒重疊、曲折蜿蜒、水流湍急、清澈見底的「九曲溪」。不錯，畫面是有限的，而我們的體會和感覺，卻是無限度的寬廣！

從古迄今，讀書人講究的是讀萬卷書；行萬里路。藝術家、畫家更講究觀山覽水來開拓畫境，也因為你所創作的不是西洋的「普普藝術」，你展現的也不是走在時代尖端的「不定形畫展」，我們可以肯定，你展出的每一幅作品，都是親身的體會、真實的創造，而不是只憑視覺去觀察而描繪出來的。

如果不上武夷山，畫不出「武夷」的雄壯。
沒到過威尼斯，畫不出「紅都拉」的風情。
沒到過巴黎，你能畫出遊艇交織，古樓教堂林立的「塞納河畔」嗎？

你用單一的墨色，交織著灰白，畫出清麗幽美的浯江溪畔的「清曉」；用濃濃的黑色把「九份山城」的石屋，畫出它古樸的偉壯和氣派；深淺交織的墨色，讓我們也感受到那份「懷鄉」的淒然況味；那秋風吹彎了腰的蘆葦，一輪明月就映照在浯鄉純樸的古厝上。在現代繪畫基本論裡，我們曾經讀過如此的一段話：「繪畫是視覺上的一種藝術，絕非語言可以形容或描寫其萬一，它和音樂相似，是給我們傾聽，而非向我們解釋。」相信這也是對觀賞者最好的詮釋。

雖然我們詳細地觀賞了你的每一幅作品；然而，我們審美的眼光必須再造，藝術造詣尚待補強，無法更深一層地品出你高深的藝術意境，只能肯定你已為浯鄉這塊藝術園地，立下一個永垂不朽的風範。

我們依依且也不捨，步履蹣跚地往來時路迴轉，踏上這條象徵著光明的藍絨地毯，兩旁的花籃綻放著各式各樣的花朵。誠然，你的每一幅作品都含蘊著汗水和淚水，然而，你面對的卻是數百朵數千朵盛開的友誼之花。友誼的馨香讓你品嘗到，虔誠的祝福讓你感受到：廿餘年的辛勤耕耘，你的汗水沒有白流，成功的書法水墨展不是你藝術生命的終結，而是你邁向藝術最高境界的開始；藝術之路何其寬廣，它像一望無際的浩瀚大海，而你是這大海裡的明燈，照耀著茫茫大海，也照耀著浯鄉這塊貧瘠的文化泥土，讓藝術的種籽在浯鄉的土地上萌芽、茁壯、開花、結果。也用你永不褪色的彩筆，畫出浯鄉的真、善、美！

一九九六年十月作品

蘭湖秋水

辭別邱良功塋前的「文相」和「武將」，我們走在不太寬闊的小徑街道。原本熱絡的小市區，隨著駐軍的精簡，已讓歲月輾過它的繁華，像深秋的夜晚，留下一個冷颼的街景。然而，我們不是來採購販賣；也非來訪親探友，只想親睹心儀已久的蘭湖秋色，以及湖裡的波光水影。

秋陽映照著我們的身影，筆直的柏油路，左邊的溝渠繁衍著生氣勃勃的布袋蓮，綠葉中間的紫色花蕊雖然讓人覺得低俗，倒也像綻放在小女孩頰上的笑靨，那麼地自然，那麼地美。

九重葛的綠籐，爬滿了白色的棚架，它何曾想到人們會以它粗俗的線條，庸俗的身軀來襯托、來裝飾這個白色的門面。長圓的綠葉，時而換上紫色的衣裳，不必人們刻意地澆水和施肥，它有耐寒、耐凍、耐熱、耐冷的本能。它的根深紮在平凡貧瘠的泥土裡，長出的卻是翠綠茂盛的枝葉。常年的翠綠，讓我們神情怡然，又有誰能領會它的存在，又有誰情願多瞄它一眼，只想在它的葉蔭下，躲避豔陽射下的金光。

在雜草叢生的湖畔，那白色的水花正親吻著長滿青苔的護堤。湖邊密集的相思林，挺拔的木麻黃，不知名的野花野草，把蘭湖妝扮成深秋裡的新娘。

趙恆惕題字的那塊岩石，紅色的字體頂端已出現了灰白相間的斑紋，它也告訴我們，燦爛的年華已逐漸地褪色，寒風、酸雨、烈日，使它風化而不是老化。風化過的石片即將剝落，光澤已盡；黃昏總有來到的一刻，儘管它周圍的草木扶疏，野花遍地，然而，它們只是眾生中的個體，誰管得了誰！

「蘭亭」，多麼美的二個字重疊著。秋末的北風，吹皺了碧波如鏡的湖水，水花像細雨般地輕撫著我們的面龐，髮絲像湖邊雜亂的水草，我們的心更像似漂浮在水面般地清爽自然。坐在蘭亭圓圓的石椅上，蘭湖深秋的暮色將臨，兩對小情侶相繼地走來，青春的氣息隨即洋溢在這小小的亭子裡。然而，她們卻無視於眼前老者的存在，高聲地喧譁嘻笑，尊老這二個字或許早已還給了夫子。這幽美的蘭湖景緻，她們已無心欣賞，講了一堆自認很「遜」的囈語，喝完的飲料空罐比賽誰擲得遠，男的、女的，同是一個模型的翻版。

甚麼叫公德心？

公德心就是公德心嘛。

嬌滴滴的聲音，柔美的音韻，空有一個西施的面龐，卻有勢利的雙眼、虛偽的心，高傲兩字就寫在她的唇上，怎能與蘭湖秋色相媲美。

我站起了身，雙手扶著粗壯的欄杆，淺綠的水波蕩漾在柔情的水面上，幾株水草隨波逐流，把這夕陽下的蘭湖美化成一個怡人的仙境。

微風吹亂了我蒼蒼的白髮，且也帶來一絲寒意。秋天即將走完輪迴的時序，秋雨卻下在陌生的草地上。北岸的楓葉已飄落在鄰近的田埂，凝望這盈滿的蘭湖秋水，光陰已沉沒在水底。深秋看落葉；亭下白頭人，一份淒然的況味深鎖在心頭。

一九九六年十一月作品

海燕飛過勇士堡

能記得你以「海燕」為筆名的朋友已無幾。無情的歲月像深秋的暮色，燦爛的時光已褪去朱紅的彩衣。一句「上樑不正下樑必歪」的諫言，讓你漫行在坎坷的路途上。然而，你無怨無悔地放下身段，多少莘莘學子從你諄諄教誨下走向光明的人生大道；走向幸福的旅程。他們何曾能遺忘那身著中山裝；黑黑的臉龐散發著青春氣息。上完算術，你沒有忘記要講點浯鄉的大白菜。上完地理，再來點浯鄉蕃薯史。你靈活地揮著教鞭，拍打黑板和講台，以慈愛的眼神，望著那天真無邪的學子，唇角的白色口沫在課堂上橫飛著，一聲聲地、一遍遍地重複的敘述，從國語到地理，從歷史到算術，從音樂到體育，從沒難倒你。數十年的辛勤教學，多少學子已是社會的菁英、國家的棟樑。而你那逐日稀疏的髮絲，鬢邊深植的華髮，無力的眼神，瘦弱的身軀，有誰能想到六十年代的〈大夜班〉與〈二兄弟之死〉是出自你的手筆。在春之晨，在秋之夜，你聆聽馬山悅耳的樂聲，在那層層的鐵絲網，在那佈滿地雷的邊緣，在那濕氣與霉氣交織的坑道裡，傾聽女兵向你述訴一個動人的愛情故事，讓海燕飛遍了國內的報刊雜誌。無論是文學的、鄉土的、藝術的、醫藥的，你知無不寫，當然，言總有盡時。翻開浯鄉文藝頁次，你是這行列裡的排頭，浯鄉的文友只有肯定，沒有否定！

回首五十七年的冬令文藝營，只有我倆是「校外人士」，其他學員清一色是「校內菁英」，在那些作家講師因氣候影響而不能按時來講課時，一陣陣熱烈的掌聲，把你簇擁上講台。那親切的聲音，那份對浯鄉文藝的關懷，迄今仍然在我們耳邊迴旋。然而，我們也都有同感，自古文人相輕依然在這個新世紀裡存在著。自個兒不思、不想、不寫，卻深恐別人寫得勤、寫得多，一旦在報章雜誌看到熟悉的名和姓，彷彿見到仇人般地不是滋味。又有幾位能針對作品坦誠討論相互鼓勵，一副假惺惺的面孔，冷嘲熱諷的語調，怎能隱瞞住我們，這就是我們文人的身段；不折不扣的假身段，怎不叫人寒心。

日昨，我們打從靠北的小農村走過，秋收的高粱穗晒滿了柏油路，讓車輛輾過它的顆粒，讓秋風吹走它的雜碎。新近完工的海堤，任那「九降」的潮水，也進不了這古樸農村的邊緣。海堤的盡頭，放哨的戰士守著那歷經砲火的碉堡。生在這個時代，大環境已改變他們的命運，放哨像童時的遊戲，肩負的任務也改觀，寫在古厝牆上的口號也塗沒，更沒有所謂的危機意識，像那依偎在母親身邊的孩子，永遠長不大。

我們踏遍古樸農村的每一個角落，你家古厝大門已深鎖，退休後亦已遠離故鄉，而你文學生命豈可就此終了，多少人期望你的東山再起，以你的人生閱歷與對文學的熱衷，浯鄉這塊文藝園地正期望你共同來耕耘，浯鄉熱愛文藝的青年朋友更需要你來鼓勵。怎能讓那惱人的秋風，吹亂了你的髮絲，染白了你的鬢邊。異鄉總歸也是秋天，飄落在頭份的楓葉怎能會有浯鄉紅。我們從楓樹的空隙處，看到深秋裡的角嶼和草嶼，浪拍巨巖濺起的水花像片白雲，而那白雲的深處隱藏著什麼？可曾是春天的訊息，還是燕兒悅耳的呢喃？我們也無從找回兒時的記憶，初冬的冷寂將臨，一絲淡淡的冬陽，總讓我們想起溫煦的秋日，而燕兒早已飛過勇士堡，在異鄉築起美麗的窩巢，祝福二字不是寫在紙上而是深藏在心上，美酒愈陳愈香下一句是什麼我們都明白。光陰無情似海，下一代卻已成長，我們焉能再說年少，只是不甘心這惱人的秋風吹亂了我們的髮絲，無情秋葉有情天，友誼的馨香更恆久，且容我寄上虔誠的祝福和祈禱！

一九九六年十一月作品

榮湖初冬

來到汶沙里，是在深秋過後的一個黃昏。

初冬的暮色，像淡淡底水墨，快速地渲染著這片金色的大地。群沙飛揚在這幽幽的柏油路上，木麻黃成了我們心中唯一的綠意，只是針狀的綠葉多了一些土黃的色彩，在這初冬冷颼的小鎮上，我們就站在街頭的不遠處。九○○度的近視眼，一層層的圓圈圈在鏡片上，寒風豎起你烏黑而蒼勁的髮絲。你輕輕地揮起手，在我傴僂的身子投影在你眼簾的時候；而你瀟灑依然，夫人為你親縫的衣裳更增添了一些帥氣。

三十年的相知相識，歲月獨厚了你，讓華髮長在陌生人的頭上；讓皺紋深刻在陌生人的臉龐。而你精神抖擻，英姿煥發，四十五位國家未來的主人翁就寄託於你，雖然豆大的汗珠從你的額頭冒起，教學的認真與熱忱卻永不減退。你並非是那誤人子弟的老夫子，而是浯鄉教育界國小部的第一班。四十五本作業、四十五份考卷、四十五名從東南西北；從士農工商匯聚而來的子弟。四十五張嘴、四十五個不同的性情、四十五個希望全存你手中。而你無怨無悔，點頭是肯定的象徵；微笑是驕傲的顯示。你默默地犧牲和奉獻，把慈愛送給學子，把悶氣沉沒在心底。而沒人知道，你課餘時對文學的熱衷和執著：你的散文不是情感的發洩，你的評論不引用那些死教條，你依循的是一個知識分子的良知，二個小時三千字的評論在你手中寫成，你的快速度高效率讓我佩服五分。而你不捧、不吹、不罵，把祥和建立在你的理論上，把客觀寫在稿紙上，把敦厚銘刻在臉上。雖然不知你為著什麼緣故而扔了筆，但時光已過後二十年，我們還有幾個十年二十年。當初你扔掉的那支筆，我已拾回重新換上筆尖，雖然你已改用了電腦，別忘了有停電的一刻、中毒的一天。無論科技再進步，文明再躍昇，有了雙手，才是人類的希望！

你是浯鄉文藝園地的過來人，它需要的是什麼，它期盼的是什麼，我們都心知肚明，也只有喚醒當初的有心人共同來耕耘，才能開出燦爛的花朵。雖然，老調彈久了會失聲，但沙啞總比無聲好，就好比我們聽不懂蕭邦第九號D大調鋼琴練習曲，但琴鍵上跳出的音符總是悅耳的，如果我們不仔細去聆聽它那喜悅與悲傷，憂鬱與激情，沉寂的大地總要讓人失望。

謝謝你把《螢》作最完美的詮釋，然而，悲情不是與生俱來的，生在這個現實的社會，善的一面我們必須歌頌和禮讚，惡的一面我們必須揭穿它虛偽的面目，讓真善美在我們內心平衡地滋長著。人生歲月即將走完，怎能善惡不分；不知美醜，尤其是生命這個變幻無窮的魔術大師，它要我們從什麼地方來，必須走回什麼地方；不想來不成，不想走也難。

你較偏愛我的小說〈冤家〉，你喜歡它的輕鬆，你喜歡一個充滿喜氣的完美結構，這與你完美的婚姻、幸福的生活，以及對人生充滿著至真、至善、至美息息相關。而我從苦澀的歲月中走來，歲月並沒有把苦澀帶走，人生也就是這樣交錯而成的，只有快樂沒有痛苦也構不成完美的人生，但如果沉淪在痛苦的深淵裡，卻是逃避人生。雖然不能把它擺在眼前來探討，以自身的經歷和體驗，它在我內心衍生的是什麼，我清楚。

我們緩緩地走向左轉的斜坡，目睹滎湖悅人的美景，雙腳已不聽指揮，該左轉的卻轉向右。低矮的圍牆遮掩不了巷隔巷的古厝。完整的燕尾馬背，在冬陽暮色的夕照下，更顯得它的古樸和偉壯。堤畔的花草並沒有受到季節的摧殘而失色，三腳架支撐的灌木是松、是柏、是楓，已無關這自然怡人的景緻。湖邊斜堆的石塊，已佈滿泥色的苔蘚，湖水柔柔與天共色，雙旁遙對二個古樸的村落，左邊是汶水，右邊是汶浦。

走過盈滿湖水的拱橋，初冬的寒風已在「東美亭」上守候，我們凝望湖堤周圍的田野，幾隻晚歸的野雁低空盤旋，白茫茫的蘆葦花已飄落在田埂，初冬的暮色總沒有秋天那麼令人善感。湖水冷寂，視野已茫，東美亭的綠瓦紅柱光澤依舊，只是大師已無緣親睹滎湖初冬的景色。

荷鋤牽牛的老農夫已走過東堤，搖擺的牛尾是幾許光年，搖走的歲月永不復返，寒風吹皺了滿湖冬水，也吹皺了我們亮麗的年華，耀眼的彩衣已褪色，何時竟感染了這份淒然的況味？

我們無語地走過金沙一橋，兩旁蒼勁的木麻黃有颼颼的風聲響起，針狀的枯葉掉落在我們的頭上，太陽已西沉，街燈已亮，而我們心中的黃昏落日該沉沒何處，是浩瀚的大海，還是這初冬下的榮湖美景！

一九九六年十一月作品

大俠醉在溫哥華

此刻，浯鄉正落著雨。

門口粗壯的木棉樹，翠綠的葉脈已微黃，它不願在深秋裡脫落，卻選擇在初冬的雨下飄零。我們不懂植物是否也有輪迴，只感到新芽未萌時，豈能讓老葉掉落，怎不教人悵然與惋惜。

在台北藝文界，不認識你「大俠」的可能無幾，學歷無用論是你驢子脾氣的小調調，扔掉大盤帽，讓你換取台北一片天。酸、甜、苦、辣，你全品嚐到。酸的總是擺一邊，甜的與鄉親父老共享，苦的往肚裡吞，辣的是你籍貫欄裡湖南人的最愛。一半金門人的血液，你甘願為它奉獻一生。擺在眼前的成果，讓你喜悅也讓你心酸，你的用心良苦，總會碰到無心人。政治是一種可怕的東西，我們雖然沒玩過，但我們看過、體會過、分析過，雖然不能自稱為第一流的頭腦，卻也不是世俗裡的「大條」。

十七歲時，你的散文已發表在「中副」，是這現實的人生讓你轉移了筆調，還是這無情的歲月？我們都不要遺忘，文學才是我們的最愛，文藝才沒有是非。十幾年的淡淡之交，老哥哥的建言你總是要聽幾句，在我即將走完人生歲月的此刻，你就再聽一次；再接受一次，以你十餘年來的人生閱歷，孕育在你內心的作品已成熟，含蘊在你腦裡的故事待你來發揮，《消逝的漁民國特》〉將會流傳千古，我們背負的是文學良知而不是政治包袱。

異國的情調總較新鮮與浪漫，溫哥華的紅葉可曾激發你創作的靈感，怎不見你楓葉紅似火的篇章，中華航空已將浯鄉的訊息帶給你，君不見這塊文藝園地除了注入新血外，老面孔也逐漸地浮現。老兵不死，也沒有凋零，當他們歸完隊後就選你當隊長，如果不帶頭交出美麗的篇章，只好拉到珠山靶場砰砰！

雖然，溫哥華的冬天寒冷非常。然而，文思的形成並不受氣候影響，也沒有地域之分，你曾說過：

再苦也不放棄自己的筆，
再難也不退縮！

以你對文學的執著和熱衷，半年一篇散文只能應付自己，卻應付不了以誠相待的朋友，任你重做英文國度裡的小學生，還是從事多元文化的進修，如果不把想當年的傻子精神搬出來，授你博士也只是專業學位，怎能再寫出那些感人的散文和詩歌。

朋友，溫哥華是一個擁有自然美景的國度，雄壯的洛杉磯山脈，深綠色的原始森林，美麗的湖泊，蔚藍的天空，到處是一片綠意盎然的景緻，鋪滿草坪的大地，貫穿樹林的道路，獅子門吊橋、加比蕾峽谷、史丹蕾公園……那麼多的美景，可曾有你和婉珍挽手漫步的儷影，如果沒有南國的情調，想必總會有北國的風情。在異國的日子雖然是苦了點，但想起牽手即將拿到博士學位，得意的微笑，滿足的喜悅，足可讓你高興一千零一夜！一位扔了大盤帽的高職生，娶了一位博士太太，人世間的幸運和幸福，全降臨在你身上。當然，大俠也不是省油燈，十幾本著作擺滿一地，文學博士也沒有你的風采。

溫哥華的月亮雖然皎潔可愛，但還是偏左了一點點，當你子夜夢迴，一份遊子的淒然況味怎能遠離心頭，台北的千金，故鄉的親情，當你倆返國時，不知是春天還是秋天；不知是夏天還是冬天，是否還能見到那位白髮蒼蒼的忘年老友？

初冬的溫哥華，是雪花飄飄，還是冷風颼颼，未曾走過的記憶總是一片空白。在這北美景色如畫的國度裡，朋友，不要被法國的「潘羅也酒」迷惑，也不要吞下德國的「毛瑟酒」而不自知，且飲盡從浯鄉帶去的那瓶「陳高」，就醉在異國異鄉的溫哥華，當你酒醒的時候，也是你邁向文學之路重新出發的開始，不要忘了你體內奔流著浯鄉的血液與情感，更不要忘了——

是那一塊園地孕育我們走向文學之路。
是那一塊園地奠定了我們寫作的根基。
你心知。
我肚明。

一九九六年十一月作品

父親與牛

時光不能倒轉，記憶則可翻新。

一九五二年三月，跟隨著父親辛勤地耕耘十餘年的老母牛，終於躺在那間陰冷黑暗破舊的牛房裡。烏黑的樑柱，石灰斑剝的牆壁，蜘蛛總愛在它的角落結網，厚厚的踐踏物是牛糞、牛尿與細沙組合而成。每隔兩三天，父親總要到樹林外的那堆沙丘，挑幾擔細沙洒在剷平的牛糞上，一則可讓辛苦的牛兒有塊乾淨的休息處，再則那厚厚的踐踏物是農耕不可缺少的肥料。冬天農閒時必須先把它清理出來，挑到犁鬆過的田裡，或是尚有作物的田埂上，當春雨潤濕了大地，再一畚箕、一畚箕地把它鬆洒在田裡，穀物的收成，除了雨水外，這些原始的肥料有絕對的關係。

老牛再也不能動了，鼓起的大腹總有水缸那麼大，翻起的大眼像二顆乒乓，眼角晶瑩的液體，是不忍心遠離主人；還是辛酸的淚滴，是怪主人沒讓它喘息，還是無言的抗議。我們無從知曉老牛的想法，更不知在牠那碩大的頭腦裡隱藏著什麼：是智慧的結晶，還是簡單的思維？為什麼在祭孔時，男男女女老老少少爭著拔取牠細柔的體毛——叫智慧之毛。牠連一聲小小的嘆息也沒有，別說是哀號。

人總是喜歡創造一些美麗的辭彙來美化自己笨拙的身軀，一根牛毛它能衍生著什麼智慧，把它放在衣袋裡，把它別在胸前，把它插在鬢邊，可曾就能代表人類智慧的高低，智商的發達。人，怎能忍受人的無知，讓牛也笑我們笨。

賣豬肉的老王出價三百元，要把老終的母牛宰殺出售，父親淒迷地搖搖頭，老牛為我們辛勤地犁田；拖糞拉肥，儼然是我們農家的一份子，在牠老終時怎能再貪圖那些錢財，而任由人來宰割。怎能對得起那頭忠心耿耿、任勞任怨、只知付出不求回報的老牛。那天午后，父親帶著挖泥劏土的工具，在臨海的許白灣細白的沙灘上，挖了一個大坑。滿是汗珠的額頭，頂上何時竟豎起了幾根蒼蒼的白髮，汗水由額上的深溝經過深凹的雙頰，滴在深坑裡，淌在沉重的心裡。

好心的鄰居，幫父親用麻繩牢牢地綑住老牛的前兩腿與後兩腿，僵硬的牛體是喪失體溫的徵象。牛嘴上白色的泡沫依然沾在唇角上，只是它已隨著體溫的下降而冰冷而凝結。

父親輕輕地取下牠橫穿過鼻孔的「牛槓」，總不能在牠即將入土時，仍然要承受著人們殘忍的束縛。半抬、半拉、半拖、半推地把數百斤重的牛屍搬上在牛房外的推車上，車輪隨即沉在沙地裡好深好深。是的，再過幾天，當歲月腐蝕了它的身軀，當流完滿肚鼓鼓的尸水，剩下幾根白骨就不會那麼重了。車輪沙沙的聲響，搖擺著舊有的年輪，龐大的軀體是它沉重的負荷。推車前的「牛軋車」，仍然繫著二條粗大的麻繩。原先由牛拉的軋車，父親卻把它背負在肩上，好心的鄰居扶著把手，同心協力把老牛推向另一個草色青青的世界。

那晚，父親面對著餐桌上微弱的燭光默默無語，一小碟炒過的花生米是他下酒的佳餚，卻絲毫沒有減少。平常一杯酒能增加他血液的循環，能消除他一天的疲勞，此時卻多喝了一杯而略顯微醺。

「死了一條牛，就像死了爸爸讓我感到同樣的難過。」

他站起身，喃喃自語地，傴僂的身影在燭光下緩緩地消失……。

一九九六年十一月作品

燦爛星空

那晚，繁星在夜空閃爍，皎潔的明月已爬過木棉的樹梢，初冬的寒意直入心脾。二輛大型的迎賓車在廣場停下，妳姍姍地走來，滿口洋文畫破這寂靜的夜空，而我全然無以領會。孩子說左看右看看不出妳是洋人，生硬而不準確的中文，妳輕聲地默唸著余光中、管管和張默，怎麼妳不說連戰和方瑀呢？而獨鍾這幾位寫詩的文人。

那位魁梧的青年緊隨在妳身邊，深恐妳走失般地護衛著妳。中國人的面孔卻用洋文交談，總讓我悵然。妳翻了好些看不懂的中文書，就好比我聽不懂妳的洋文一樣地莫名。妳好奇；我何嘗不是。孩子聽懂妳幾句流利悅耳的洋文，把妳帶到一個妳急切想去的地方。出來後，妳說了好幾句「收累」，當然我聽懂是對不起或抱歉。而後取出皮夾，妳的身份已暴露在那張淡黃色粉彩紙精印的名片上，那些像工具箱裡的「螺絲起子」或「板手」的文字中，又夾著一些倉頡所創的字體。唯恐來到這五千年文化的國度裡，沒人知道妳的身分，是誰以娟秀的筆跡在那張小小的名片上寫著「韓國詩人」四個字。我實在猜不透「初荑」是什麼？當然，下面的「金良植」可能是妳的尊姓和大名。原來妳是來自曾經是兄弟之邦的「韓國」，只是妳們現實的領導者已偏離了方向，斷交是他一生洗不清的錯誤，那還有美麗可言，靠左是偏離人性的作法，違背了祖宗的意旨。雖然我們再三地強調文學與政治必須分開，有時也必須說上二句來消消氣。

以妳能參加世界級的「女記者女作家協會」的年會，你在貴國詩壇的席次和聲譽，不容我懷疑。或許妳已是名家、名詩人、名學者。妳朗朗上口的洋文，我實在聽不懂妳想表達的，妳也搞不清我想說的。誠然，孩子聽懂了一些，但也無法作完美的傳譯，只是大家開心地、愜意地笑著。

迎賓車的窗口傳來：「那個韓國人還在書店」。而妳卻聽不懂這句無禮的話語，如果他們能改換成：那位韓國朋友；還是韓國詩人，不是更貼切嗎？在我們自認為高水準的文化國度裡，怎能讓聽不懂國語的朋友不受到尊重。從妳流暢的洋文，妳所受的當是高等教育，而妳那親切、和靄的微笑，讓我們同感黃種人的愉悅。

朋友印送的那盒名片讓我派上了用場，而妳怎能看得懂倉頡為我們一流頭腦所創造出來的那些繁體字。妳很慎重地把我那張撕不破的名片放在皮夾裡，當妳回國翻成韓文時，妳會訝異地在金門碰到「愛書人」，雖然妳是韓國詩人，但我們同是黃種人，任誰也不能否定。

「韓國人快上車吧！」

是中國人在講話。老祖宗為我們絞盡腦汁創造的辭彙，竟然在這些高知識份子的口中語調全變、語音全失。在參加此次會議中，尚有四位來自「祖國」的會員，當然，同是中國人，總不能叫中國人上車吧，是否要說：

「大陸同胞快上車吧！」

詩人，因為妳聽不懂而不生氣，而我的火氣就像迎賓車尚未熄火的引擎那麼高溫地燃燒著，是我們教育的失敗，還是幼稚的高傲心態。詩人，對不起；我是很生氣的！

迎賓車一前一後地駛出新市里，初冬的街頭冷颼依稀。十五未到月先圓，滿天繁星閃爍，把它襯托得更柔美，在妳們分裂的國度裡，妳的故鄉是在三十八度的南邊還是北面？月兒是在中間還是偏了一點點？只怪那無知的政客把我們深厚的友誼塗上一些色彩。

再見了，詩人。何日重遊景緻怡人，民情純樸的金門？何日再仰望這片美麗燦爛的星空……。

一九九六年十二月作品

異國詩情

一九九六年十二月七日，我曾在「浯江副刊」為來臺灣參加「世界女記者女作家協會」年會而蒞金參訪的韓國詩人——金良植小姐寫過〈燦爛星空〉乙文。在剪報尚未寄出時，卻先收到她寄來的信、賀卡、四首詩，以及乙幀她在「韓國精神文化研究院」中庭拍攝的彩色玉照。

詩人立在翠綠的草坪，右邊是一株修剪整齊不知名的灌木；左側該是蒼勁的柏樹，濃密的林木後面，隱約地是一座山。然而，它不像浯鄉太武山頂巨巖重疊的山峰，似乎是地球岩層散落的灰燼，而形成的一座山。山頂草木扶疏，點綴在山的這頭與那頭。一座山的形成，非十年廿年，想知道它的淵源，也只限於傳說而已，任誰也無法找回它失去的歷史和記憶。

詩人雙眼緊扣著金邊眼鏡，兩串珍珠項鍊懸在胸前，乳白色的外套，印花的襯衫，左手放在右手背上，無名指上的翠玉戒子，像一首無言詩，是記錄她燦爛的青春歲月，還是耀眼的金色年華；她把古中國女性的美，把東方女性的柔，深深地銘刻在綻放著笑靨的臉寵，這不僅是東方人的驕傲，也浮現出傳統的美德。

詩人的信裡，除了少數幾句中文字，全以英文寫成。雖然我是滿頭霧水，然而，經過孩子們的翻譯，概略是：本想用中文寫這封信，但是我知道你的女兒懂得英文……。想不到能在金門島上遇見詩人，不知道你是「臺灣詩人」，還是「中國詩人」……。

那天，詩人告別新市里臨上車前，我曾隨手送她乙份金門日報，依稀記得副刊裡面有：白翎——〈從《螢》的書中人物，探討陳長慶的悲劇情結〉乙文。因此，詩人在回國解讀它時，可能誤認我是詩人，而且不知我是臺灣詩人還是中國詩人。在廣大的詩之國度裡，在新詩受到相當重視的今天，想成為詩人談何容易，任憑我再努力奮鬥，墓碑上仍然冠不上詩人的頭銜，我將寫信告訴這位異國的朋友，我不是臺灣詩人，也非中國詩人，是一個不折不扣的金門人。友情的存在也絕非與國籍、性別、愛好有密切的關係，雖然我無緣成為詩人，但詩也是文學的支流，它在我內心衍生的熱度，並沒有因我不能寫而減溫。

不可否認地，詩的語言非散文或小說的獨白和對話，它獨特的字辭用語，以及含蘊著高深的哲學意象，如果我們不以身投向它，並不能從詩中獲取感人的情意；誠然，各人有不同的表現手法，各人有不同的解讀方式，但明朗、健康一直是我們想讀、想看的詩。一首詩如果讓我們不能懂，又怎能讓我們感，玩弄一堆文字遊戲，拿一堆意象來壓人，不是我們企求的。

詩人寄來的四首詩，由金學泉先生譯成中文的簡體字。詩的每一個字，都是整首詩的靈魂，每一句中的任何一個字，都不能稍有疏失，或誤排、或誤譯，使它喪失原有的風貌。因而，孩子根據《大陸簡化字識別手冊》，逐一極其細心地由簡體翻成繁體。現在且容我把金良植小姐寄來的四首詩透過浯江副刊寶貴的園地，與浯鄉父老、兄弟、姊妹共享，讓我們同賞異國詩人的文采；讓我們同感異國詩情的馨香。

原著者：韓國金良植
韓譯中簡體：金學泉
簡體翻繁體：陳嘉琳

一、庭院裡的鳳蘭花

白晝裡
她倚在牆邊睡去
握在手裡的念珠滑落了
搭在腰際有些許的迷離

趁香爐的鳳蘭花開出雪白的禪意
鳳蘭花以繽紛的落英作鋪蓋
把她諸多深不見底的夢
散去得悄無聲息

二、冬日的麻雀

冬日的麻雀是飢餓的
啄食庵房窗紙上凍乾的漿糊
麻雀啄出的洞口裡
一股寒氣悄悄地湧入
年屆不惑的尼姑紅顏依舊
靚麗的額頭上頓感寒意
斷了許久的輕聲又開始起起伏伏
飄雪花了

燃起青色火焰的松針上
雪花層層疊起羅漢
麻雀禁不住又啄食窗紙上凍乾的漿糊
深山古寺
冬日的麻雀是飢餓的
吃了上頓不知下頓在何處

三、凝視黃牛

走著走著卻沒有走動
停著停著卻沒有停下
無論是人或牲畜或草木的生涯
每時每刻
一切都走動卻未走動
一切都停下卻未停下

另有一塊天空是遐想
零亂的野草是迸濺的彩霞
開始就只有一個
終究也只能是同一個天涯
我們置身於其中
都像是在走動卻又停下
都像是在停下卻還是走在秋冬春夏

四、黎明，深山古寺

靜謐
依然是靜謐
搖盪靜謐的
是樓閣古鐘的顫慄
餘韻在我的心中

鑄出又一口古鐘
樓閣便旋即築起

附註：
金良植，韓國女詩人，現任大韓民國「韓、印文化研究院」院長。

一九九七年元月作品

牽手同登太武山

此生未曾牽著妳的手，走那麼遠的路。我心中默掛的不是這嬌豔的春陽，而是要讓春風輕拂妳依然美麗的小臉，讓它輕吻妳不變的容顏。

牽著妳那依然柔柔的手，像觸電般地感應著我，廿七年的情深，仿若眼前嫣紅的木棉花，無視於狂風的摧殘，酸雨的腐蝕；胸懷的是熾熱的心，足登的是輕盈的腳步，走離了新市里，走離了我們曾經挽手漫步的山外溪畔，還有映碧塘。

右側是依山的小道，左邊是寬廣的道路，木麻黃下的陰涼，散不開妳手心微濕的熱汗。很久很久以前，我不是也這樣地牽著妳嗎？是年華的易逝，還是記憶已茫？怎麼老是怪我沒牽著妳，而我何曾牽過誰的手？在即將走完的人生歲月裡，只深感那份誠摯，那份永恆不渝的深情，已在我們心中植根。源於傳統，默守著辛勤建立的小小家園，妳忍下的是「狗吠」，我包容的是「牛性」，生肖雖是不實際的文字符號，命理也是人類所創造，但我們不得不信服它，信服它的虛幻和無知；信服人騙人的本能。

圓環右邊是一片茂盛的竹林，筆直的道路，兩旁是翠綠毫無美感的木麻黃。往裡走，就是孕育我成長的太武山谷。我們曾經走過那條蜿蜒的山路，撥開小徑的籐蔓和荊棘，走過這個山頭又到另一個山頭，內心所感的是人生旅途裡的甜甜蜜蜜。穿過相思林，巨巖的不遠處就是白色的太武山房，我們輕撫著條石扶手步下石階，經過明德廣場，進入是禁區也是軍事重地的武揚坑道，走在濕氣、陰氣與霉氣交織而成的地面，鞋跟沾起的污泥，杉木地板暗角處長起菇茵，冰冷的水珠從頂端的石縫滴下，老鼠在小小的水溝裡奔馳覓食。怎麼總是遺忘那值得回憶的一刻，是無情歲月腐蝕了妳晶瑩的腦細胞？還是已逝的年華勾不起妳美麗的回憶？

妳取下頸下的絲巾，微風吹起了它的輕盈和柔美，陽明公園幽雅的景緻，明潭清如明鏡的湖水。指揮哨面對的是巨巖堆疊、雜樹叢生的擎天峰，高大的木麻黃擋住了我們不少的視線，巨巖上的小涼亭，紅簷綠瓦依稀可見，坑道裡閃爍著好幾顆星星，他們肩負的已不是廿年前的重責，也不必承受老屋牆上那些口號的重壓。將軍們，你們何其有幸，生長在這個充滿自由幸福的時代裡，何日能為曾經受苦受難的國家，轟轟烈烈地再打一次勝仗，能嗎？當然，你們一定能！

我們默默地步上斜坡，是春陽的熾熱？還是青春氣息依然，妳手中的熱汗可是血氣的泉源，讓我不再感到黃昏暮色的淒涼，以及走完人生歲月的感嘆。左邊是經武營區，昔日的十八坑道，一份思古的情懷油然而生，曾經因公而穿梭在坑道裡的大小處組，遺失了我多少美好時光，拾回的卻是青春不再，如流歲月。

妳的頭微偏向右，凝視著山坡上的松林，緊貼在粗糙石面上的籐蘿，額上已冒起了汗珠，是否該暫時地歇腳，抑或是繼續仰首闊步，沿途欣賞這春陽下的怡人景緻？面前是青青的棕櫚樹，墨綠的扇葉迎風招展，它搖曳的可是我們此時愉悅的心境，還是年老時的茫然。右轉是木麻黃大道，它沒有松的蒼勁，不起眼的姿色，零亂的杈枒，針狀的枯葉落了滿地。年久失修的水泥路面，深凹與龜裂的線紋，如以賞美的眼光和心情來看它，倒像一幅不定形的水墨畫。路旁的小水溝，雜草與枯葉是褐綠相間的色彩，展現著浪漫與莊嚴的氣息。人們從它的頂端跨過，把文明的痰吐在它的表層，讓它翻不了身，承受永恆的恥辱。他們想看的、想賞的是百花齊放的春天，是紅玫瑰的嬌豔，路邊的草木籐蔓，溝裡的枯枝落葉，怎能引起他們的注意，更別說是賞析。這與我們現實的社會沒有兩樣：看的是虛偽不實的外表，刻意妝扮的容顏，一張利嘴黃牙，一副奸詐的臉，皮笑過後又彎下腰，同一個動作，同一個姿態，騙得了一時，卻隱瞞不住長久，總要被自然淘汰，真理所唾棄，別把社會人士四個粗俗的字體，放大在臉龐。

我們走過浩氣長存的牌樓，圍牆下那株桃樹已長成，綻放著豔麗的花蕊，在〈再見海南島、海南島再見〉那篇小說裡，陳先生與王麗美就是相約在這裡一起登山，我們是否要翻過另一個山頭，到武揚臺尋找《失去的春天》裡的顏琪？我曾經說過，小說是一種真真假假撲朔迷離的東西，雖然溶解著我青春時期綺麗的夢幻，但人總是不能靠回憶來度一生，現實環境裡的真、善、美，才是我們該追求，該珍惜的，就如我此時牽著妳的手，走那麼遠的路，腳踏的是實地，掠過眼簾的是自然怡人的美景，內心承受的是永恆不變的深情，是年老時的相互扶持和依靠，這就是實際的人生。活在真實與自然裡，才能揚起生命中永不熄滅的光芒。

從玉章路緩緩而上，我已深切地感受到妳此時就如同春陽下的花蕊、枝頭上的小鳥那麼地歡愉。巨巖上的一草一木，山谷裡的彩蝶和蟲鳴，都是我們生命中最美好的悸動。曾幾何時，歲月已從我們的指隙間匆匆地走過。我們更該珍惜剩下的這些寒暑，讓燦爛的時光不再走遠，留下生命中豔麗的春天。

左邊是一塊圓形的巨石，風化過的表層，像似要剝落地令人憂心。淡綠而乾枯了的苔蘚，像老年人的斑紋在每一個角落衍生與滋長，當有一天遇到不可抗力的災害，或許它將自然地倒下，倒下的是一塊巨石，而不是莊嚴的生命，更不是血肉相連的軀體。

巖壁上的細縫，籐蘿已緊緊地纏住滿佈青苔的巨石，它們相互纏繞，是否意味著永恆地相互依靠，或是只暫時地寄生在這塊逐漸風化的巖石上。久久地凝視，輕輕地撫摸籐上的嫩葉，青春歲月已走過，沒有什麼值得惋惜的。我們不是也像籐上細嫩的枝葉那麼地年輕過嗎？是誰曾讚美妳嬌小玲瓏、輕盈婀娜的體態；柔美的膚色，甜甜的笑靨。雖然生命中的黃昏暮色即將來臨，然而，妳如春陽般地嬌豔依稀，且也讓我更珍惜那份得來不易、老而彌堅的情感；沒有大吵大鬧，小小的悶氣曾經有過，無言無語相對過後是坦誠地溝通和包容，更能把感情提昇到另一個充滿著幸福的境界。

前面是傾斜的坡道，妳柔柔的手依然在我的掌心中，沒有汗流浹背，沒有老牛拖車般地喘著氣，充沛的體力，傲人的肺活量，青春氣息依然深刻在妳臉龐，只是與我蒼蒼的髮絲、佈滿皺紋以及滋生著老人斑紋的肌膚不太搭配，這總歸是天意，是佛家所謂的姻緣。誠然，妳有少女時期的美夢，而此時妳的手卻紮紮實實地讓我緊牽著，往後我仍將秉持初衷深情地牽著妳，由這個山頭，攀上另一個山頭，由蜿蜒難行的山路，到平坦寬廣的大道，攙妳跨過溝渠，扶妳越過人類設下的陷阱，終生無怨無悔、無所替代。

在路旁的石墩坐下，暫時的歇腳不是為了走更遠的路，心中的路途不再遙遠，俯視翠綠的太武山谷，內心漂浮的是廿餘年前的景物，孕育我走向文學路途的明德圖書館，儘管已嚐到秋收後的一點小小的喜悅，但在功利社會文憑掛帥的今天，卻難以被認同和肯定，而那些耍假把戲的現代人，他們內心盤存著的是眼高，下一句我們不必做詮釋。廿餘年的歲月是嚴酷的考驗，不能已擺在眼前，不為只是下臺階的藉口，等到進棺材的那一刻，等到被火化的那一天，交出的成績單，或許是一堆白骨，一縷繚繞的清煙。

妳取出手帕，輕拭著汗珠，卻拭不掉妳的美貌；儘管我已蒼老，但一顆誠摯愛妳之心，永恆不變，所作所為，不容妳懷疑和打折。在我文學生命尚未死亡的今天，希冀的是妳的包容和認同，不是批判，不是冷諷熱嘲，而是相互研討。如果把小說裡的情節，比喻是我現實人生的寫照，而讓低氣壓在我們內心衍生和滋長，我不能接受。

經過梅園，高官的題字破壞了巨巖上的自然景觀，文相武將何其多，何不把每塊巨石都題上字刻上名？他們遺忘了巨石的神聖和莊嚴，敲下它小小的一角，卻永遠無法彌補和復原，你不難過，老天終將感嘆現代人的無知和幼稚。

雙旁紅色的花蕊是三月盛開的桃花，不是寒梅。然而見了桃花，是否真能想起從前呢？好像情人又回到身邊那麼地令人茫然，這或許是年少時不識愁滋味的歌德式情懷吧。

夕陽已遠離了天邊，黃昏暮色已籠罩著整個山頭。老師父已關上了海印寺的大門。蘸月池清澈的水裡是重疊的鎳幣，如果沒有一顆虔誠的心，再多的「添緣」又有何意義。我們步上石階，右側的小屋傳來木魚和梵唱，在這肅靜莊嚴的前庭，妳老爸的大名深刻在壁中的大理石上，老人家曾經是重建委員，而在家道中落的此時，卻被鄉親父老所遺忘，誰能記得他出錢出力、費盡心思參與整建，雖然被人們所淡忘，鄭劍秋三個字卻能在這莊嚴的寺中留傳千古，讓子子孫孫永恆地禱念。

老尼師端起水，輕灑盆栽裡的古榕，口中默唸著阿彌陀佛、阿彌陀佛，是否告訴我們該下山的時候了。重新牽起手，暮色已遮掩住雙旁的林木和花草，紅花已不見，翠綠也渺茫，我們牽手同登浯鄉這座巨巖堆疊的高峰，如同我們此生不渝的深情，在有限的人生歲月裡，我將緊緊地牽著妳，越過生命中的風霜雨雪，攀上我們心靈中的最高峰，至死，甚至永恆！

一九九七年七月作品

永恆的料羅灣

步上「海曙亭」的石階，迎面是鹹鹹的微風，多年未曾重遊過的料羅灣，湛藍的海水依稀，靠在岸邊的已不是小小的漁舟、海軍的運補艇，而是龐大的貨輪。左右旋轉的起重桿，粗大的繩索和吊網，吊起的是起起伏伏的人生歲月，放下的又是什麼？

潮水已退離海曙亭的基座，滿佈油污的石塊和污泥，是海洋生物永恆的悲痛。不見遨遊的魚蝦，只見那一片片褐色的苔蘚，以及漂浮不實的油漬，人類丟棄的雜物。

雙手支撐在冰涼的水泥欄杆上，俯首凝視風化過的亭外廊道，下陷的地面，暴露在外的泥沙，野草無視於這含鹽的鹹風，在鼠類築窩的邊沿成長，在蟻類穿根覓食下茁壯。這何其只是我們的人生，倒不如說各有各的生存方式，各憑本能，何必相互殘殺和排擠。誠然牠是人類的禍害，看牠那搖尾豎耳、鬼頭鬼腦地凝視著人間，也只是想把子子孫孫繁衍在這片純淨的大地。牠輕易地躲過人類設下的陷阱，嘲笑人類的無知，捕鼠籠裡的毒餌已引誘不了牠們，你未食，牠先啃；你睡上鋪，牠睡鋪下，這是否叫生命的共同體，有你也有牠。

伸入海中的是人工築成的堤防，海水拍打石塊堆疊的基座，濺起白茫茫的水花，隨即又消失在浩瀚的大海裡。我們並不能理解是潮流的變遷？還是時序的變換？看它快速地濺起，又消失，心懷的卻是一份強烈的失落感，仿若易逝的青春年華，想留、想擁，已是不能與不可能。面對無情的歲月，我們還想計較什麼，難道是這個社會虧欠了你？果真如此的話，為什麼不捫心自問，我們為這社會付出了什麼、貢獻了什麼？或許是一顆虛偽的心，一對浮腫無力的眼神，一個令人作嘔的大肚皮？逢迎拍馬、挑撥離間、目中無人，肯定虛偽不實的現在，否定深耕紮實的以前。酒後的醜態，畢露了原形，一時的神威，過了今晚，待不了天明，再美的西洋眼鏡，終究會被拆穿的一天。可憐的人類，忠言總較逆耳，別忘了生在這塊歷經砲火摧殘過的土地，我們背負的是什麼？內心承受的是什麼？且請以永恆不渝之愛，善待這片純淨土地和祂的子民吧！

朋友開來白色的轎車，出示了港口通行證，久未聞過的油煙味，迎風飄來一份讓我緬懷過去的情景。車輪緩緩地前行，岸邊的碼頭已被龐大的貨輪霸佔，船身隨著潮水輕輕晃動，港灣的漁舟帆影已不見。海鳥也展翅飛翔在浯島的另一片天空。幾朵浮雲已飄過前方的反空降堡，穿過迷彩的偽裝網，那挺機槍果真能護衛這座名震中外的港灣？無情的砲火迄今仍然讓我們驚魂未定，多少無辜的鄉親父老葬身在這片灘頭，染紅了海水，染下了我們心靈中永恆的悲痛，永不褪色的記憶。

荷槍的哨兵，鋼盔下是一張俊逸的小臉，仰靠他們來反攻大陸已是過去的口號，總感到他們欠缺了一份軍人英武威嚴的氣慨。他們所思所想，所肩負的使命是保護人民，我們也相信他們能。來到金門，能佇立在這個英雄島上的港灣，仰望萬里晴空，俯視碧波萬頃的海域，傾聽浪拍巨巖的響聲，此生的願望已達成，終將歡天喜地地倒數著饅頭，等待退伍返鄉而非神聖的戰地榮歸，這或許是時代的變遷吧。

重新轉回海曙亭，港內已盈滿了海水，是漲潮的時刻。凝視內港外海，已尋不到我冀求盼望的小小漁舟和傾斜的帆影。海風吹來一絲絲濺起的浪花，它能在我臉上深深的溝渠停留多久？是否能順勢流進我的心裡？還是只輕吻我多皺的臉龐，以及蒼蒼的髮梢。我們無從理解大氣層裡的微妙，也不能更深一層地剖析人生，自然讓我內心豐盈，讓我仿若漂浮在港灣的兩棲快艇，那麼地紮實，那麼地有份量！

朋友說這五味雜陳的港灣有什麼好看的，這即將下陷的亭子又有什麼好流連的？然而，我所冀求的，想尋找的，何止是這五味雜陳的氣體，五十年代的「子感計劃」，築起了牢固的堤防，引進了清澈的海水，亭子的基座用石塊由海底堆疊而成，漲潮時的三面環海，亭上的風簷麟角，夕陽晚照時的漁舟帆影，料羅灣的自然景緻全在我們的眼簾。沒有歷經五十年代艱辛苦楚的歲月，何能品出那時的心情。雖然小小的漁舟已划向另一個港灣，馬達也替代了古意的帆影，海鳥已不在這混濁的海面覓食，我們也隨著歲月的消逝而蒼老，不久終將回歸西天，爾時的音容，勢必也會從子孫的記憶中消失。

人生何其短暫，歲月何其無情，然而，我們心儀中的料羅灣卻永恆不變，它將永遠長存在我們的深心中。

一九九七年七月作品

森林公園看落日

車過鵲山圓環，順著指標緩緩前行，沒有落雨的春天，兩旁的籐蔓雖已萌起小小的綠芽，但捲曲的小芯尾卻已有些微黃，枯老的枝葉已蒙上一層褐色的塵土，欠缺的是春風的輕拂，春雨的滋潤。

筆直老舊的路面，挺拔的松林，秋風摧殘過的針葉，在溝渠旁舖上一層厚厚的草毯，冬季脫落的「結球果」，點綴在斜斜的坡上。我們無語地走著、是想欣賞路旁刻意栽培的花卉？還是想在這寬曠的林區裡，尋回失去的記憶？

遠方映照的，是一絲稀薄讓人無法捉摸的微亮，人工挖掘的小池塘，清澈無波的池水，噴起銀白的水花。我們默立在池沿，遠離了市囂，遠離了人群，遠離了這現實社會中所衍生的一切一切，尋找霎時的寧靜，怡人的美景。寬曠的視野，盎然的綠意，把我們提昇到另一個不同世界的意境裡。誠然，噴起的水花，隨即消失在水池裡，沉沒在水底裡，這是否意味著我們浮浮沉沉的人生歲月，還是善變的社會與人心。

池畔是一片茂盛的白千層，在成長的過程中，它尚未歷經風霜雨雪的考驗，往後的時光，是否讓它的根更紮實地深植在無底的土壤裡，不必懼怕人們的摧殘，剝落了百層，還有千層！

泥沙堆積的田埂，草本的花卉正盛開，是紅是紫，是藍是白，是誰能延續它短暫的生命，並非春雨的滋潤，亦非春風的輕拂，它歷經生之喜悅，也不畏死之恐懼，人們冀求的是它豔麗的容顏，悲嘆的是它早夭的壽命。工人已扭開了水龍頭，水珠在葉脈上凝聚、滾動，它真能吸取這些有限的養分而成長茁壯，而讓它的根深蒂固？還是禁不起風吹、雨打、日曬，以及秋風的摧殘，冬雪的冰凝。我們的燦爛時光，是否也像這田埂上的花卉，在花朵綻放時讓人觀賞，走過青春歲月後，讓人踐踏。

重複地躑躅在這幽靜的林區，上了階梯，是原木築成的涼亭，環視四周的景緻，原野的氣息，自然的微風，西邊的彩霞，松樹頂端的浮雲。在木製拱橋上，擺了姿勢，撩起髮絲隨風飄逸，強裝笑臉的女孩，對準焦距按下快門是滿臉稚氣的小男孩。是的，青春歲月我們已走過，人生歲月即將走完，孩子們，擺上一個美好的姿勢，不必強裝笑臉，拍下那份自然與純真，留下一個永恆的回憶。

掠過上空的是啁啾的小燕子，亮麗的羽毛，展翅時的輕盈，俯身與斜飛，凝視著這落日餘暉下的大地與林野，時而穿梭在松樹與木麻黃的空隙處，可曾懂得逍遙這個名詞，自在這二個字？牠們秉持的是祥和，追求的是自由，未曾貪戀人世間的一點一滴，且輕聲地告訴我們季節的變換，春天已來臨。

山坡的斜梯下，泥上舖了木炭，烏黑的體態，烘烤後龜裂的線紋，記錄年輪的圓圈圈，空隙處已長出一株株細嫩的野草。多少遊客跨過它的頂端，能發覺這微小生命的存在卻是廖廖無幾！它雖然只是草本與木本的差別，只能以它長短的壽命來區分。我們賞析的心情，審美的角度，一顆愉悅的心不可缺，一份想擁有大自然的胸襟不可少。

在坡上的木製涼亭，東邊的美景盡在眼簾，不必任何人為我們引介和導讀，沒有童時的純真、青年的熱血，身懷的是一份即將歸回塵土的蒼涼。我們未曾有過多的冀求和留戀，果能像這林區裡扶疏的花木，自然的微風，抑或是松林下枯萎的針葉，也甘心。

向右凝視，木屋頂上的微光是落日的餘暉，不是霞光的映照。無波的池水，盎然的綠意，鳥兒的清唱，蟲兒的吱喳，它給予我們的何止是心曠神怡，開朗心胸，而是心中永恆的希冀。

步下臺階，光滑的扶手，像嬰兒細嫩的肌膚，讓人不忍心觸摸它，只能柔柔地呵護，低聲地輕喚，喚醒這怡人的春天，感傷的落日。

西邊的晚霞，已被茂密高大的木麻黃所遮掩，僅有的一片雲彩，已被灰暗的暮色取代，兩旁的花木和野草，微濕的枝葉是露珠還是霧氛？是春天的自然訊息，還是低泣在黃昏中消失的夕陽美景。

一九九七年七月作品

遲未兌現的諾言

恭禧你榮獲一九九七年「中國文藝獎章」——「新詩獎」，這份代表著藝文界最高榮譽的獎項，你的獲得不是僥倖，而是深受認同和肯定！認同你右手的詩歌和散文，肯定你左手的素描和油畫，雖然二樣都是你《藏在胸口的愛》，《帶你回花崗岩島》的獲獎，更是無以取代的殊榮，誠然你得獎無數，卻沒有這份來得崇高與珍貴。

在廣大的文學領域、詩之國度裡，世界詩人大會邀你參加，祖國詩壇邀你共研討同探尋。你體內衍生的每一個細胞，何止是一首詩、一幅畫，它將隨著歲月奔流馳放，傾瀉在浯鄉這塊歷經砲火摧殘過的田疇，讓它綻放出美麗的花朵，美飾這片被譏為文化沙漠的純樸鄉土。在你的〈暗暝臺灣新樂園〉，把美麗寶島的醜態赤裸裸地展現出來，我們眼見的、心感的已不是一個祥和的書香社會，而是充滿著暴力和色情的「烏暗暝臺灣舊樂園」，只不過它多披了一件金色彩衣，閃爍著讓人眼花撩亂的五光十色。詩人，你的用心良苦，創作精神，所詮釋的已超越了詩的語言，而是字字含蘊著哲理，句句撞擊著我們的心。然而，隨著環境與社會的變遷，浯鄉這塊純淨的泥土，是否會變成烏暗暝的新樂園，怎不教人憂心？我們重新看看引以為傲的中央公路，看看我們的觀光景點和有限資源；肥了社會人士，瘦了鄉親父老。詩人，我們的心是相連的，悲哀和感嘆不是與生俱來，熱愛鄉土之心永恆不變，但願日後聞到的，仍然是浯鄉的蕃薯味和芋仔香，不是引進異鄉妖豔的野玫瑰和過敏原。

今年的初春，我們迎著刺骨的寒風，頂著霏霏細雨，想親睹斗門綠意盎然的古樹。你深度的眼鏡緊扣在咖啡色的禮帽下，學者的氣質，紳士的風采，然而，我們所聞所感，依然是熟悉的蕃薯味，不是異鄉的稻米香。我們穿梭在古樸的村落裡，失修的老屋已改建了樓房，窄小的巷子也舖上了水泥，復古之心已泯滅，我們情願走在紅土、瓦片、小石凝固而成的古道，看牆角白灰沙土混合而滿佈青苔的護牆，讓微風細沙吹上我們的髮梢。

右邊是破舊的牛欄，門口擺放著粗桶和畚箕，這或許是小小農村裡最後的裝飾和擺設。你取出相機，旋轉了鏡頭，捕捉的是古樸的村落，還是山林的青蔥，快門按下的，是短暫的人生歲月，還是耀眼的金色年華。我們都同時走過艱辛苦楚的藝文大道，彷若這高低不平的碎石路，它的高低起伏，坎坷難行，永遠在我們的記憶之中，儼若兩盞懸在空中，搖晃不定的馬燈，禁不起風吹，禁不起時光酸素的腐蝕。然而，苦澀的歲月已遠離，你已扭捻了燈芯，把它牢固在海的上空，放射出強烈的光芒，映照著浯鄉、對岸，還有自稱寶島的那一邊；而我心中的燭油將燃盡，桌旁微弱的光亮已映照不出我孤單的身影，豈能讓飛蛾再在燭中撲閃，怎能容下生命中的斜風苦雨再傾瀉，熄滅許在霎時，在那短短的一瞬間。

我們順著村外的蜿蜒小路走著，寒風吹亂了我的髮絲，掀起了你的衣襟，眼前是平坦的大道，還是坎坷的路途！同行的朋友縮著頸，豎起了衣領，是怯於冷颼的寒風，還是缺少一絲暖意？百年古樹下是一堆堆的牛糞，拴在樹下的已不是四、五十年代與農家相互依靠的老牛，而是體毛光澤，肥肥胖胖，迎合老饕而刻意餵養的牛隻，幾兩銀子能品嚐到半牛，加倍卻能吞下全牛。人與牛的感情已逐漸地式微，牠不再是老農的依靠，餵食的也不是田埂上的青草，而是化學飼料，我們毋須搖頭和感嘆，這是一個充滿著幸福的時代，牛，豈有二樣，唯一差別的是牠的肉被人們吃了，骨頭被人們啃了；而可憐的人類，自稱為萬物之靈，肉被誰吃了，骨被誰啃了，竟然不自知。

爬上小小的土坡，雜草藤蔓環繞在古榕粗壯的主幹，你對準焦距，想裝進記憶的不是它的杈枒而是蒼翠，不是掉落的枯葉而是頑強的生命力和自然的風貌。我們始終沒有忘記，捕捉自然，追尋自然，信仰我們心中的真善美是我們此生的堅持。你跨過那堆烏黑的牛糞，俯下身，把鏡頭朝上，是想記錄樹的祥和，還是天空裡的雲彩。

寒冷的早春，大地仍然籠罩在冬末的氣息裡，枯枝尚未掉落，新芽未曾萌起，繾綣在樹幹上的藤蔓，並不能永恆地依附它，這和我們生長在這個現實的社會裡，又有何兩樣？憑藉的是自我超越，自我提昇，怎能依附旁人求生存？果能如此，也只是一個殘缺不全的軀體，沒有靈魂的生命。因而，我們能深刻地體會、理解你在異鄉異地，孤軍奮鬥的苦澀歲月，如果沒有堅強的毅力和恆心，如今也只是一個庸俗的凡人，何能擠身在廣大的詩之王國裡。向明說得沒錯，你對詩的執著一如生長在金門的花崗石般堅實，頭腦清醒，思想敏銳，潛心獨立，面對各種潮流的誘惑，一意追求自己應有的走向，作品的完美表現，是你為詩的一貫主張。短短的幾句話，道出你心靈中的悲歡情懷，此時甜美的果實，雖然讓你嚐到，然而，你並未自滿，憑藉著對詩、對藝術的執著，依然時刻在求新求變，對自我做最嚴酷的鞭策，突破《雪白的夜》，超越《憂鬱的極限》，以熱愛詩與藝術的情懷，同時關愛浯鄉這片純樸的泥土，終生無怨無悔，永恆不渝……。

詩人，轉眼新市里的木棉花開時節已過，枝椏上已綠意盎然，而我曾許下木棉花開時要寫首詩給你的諾言。然，此刻揮就的卻是隱藏在心中的無言詩，當它像音符般地在琴鍵上跳躍時，卻代表我誠摯的心意。我冀求的是你的包容而非肯定；如果你內心感應不出它像首詩，卻是幽美的散文辭句，雖然異於新新人類的造辭用語，我們卻有同感：

真實的、自然的，才是我們心靈中最美麗的篇章——

諾言不是碧波無痕的湖泊
而是深如古井的泉湧
君在海的那一邊
吾在山的這一頭
心懷浯鄉貧瘠的蕃薯田
默守戰火摧殘過的家園
掬起簸箕裡的紅壤土
根已深植在褐色的田疇
汝是綠葉扶疏的藤蔓
毋須異鄉的花卉來點綴
吾若枯萎待折的杈枒
任由時光踹蹂
嫣紅的木棉花已在穀雨下凋零
腳上的泥濘已滑過無情底歲月
遲未兌現的諾言是心中永恆的感嘆
只因詩心已遠離

在交會時衍生不了微弱的光芒

一九九七年七月作品

夜霧茫茫到漁村

朋友把車停在門口紅線道的木棉樹下，葉上滴落的水珠，在滿佈塵埃的擋風玻璃，匯聚成好些儼若老人臉上皺紋的溝渠。夜霧已籠罩住整個大地，微弱的街燈下是白茫茫的一片。野犬凝視著寂寞和寧靜，鐘聲已鳴過十二響，新市里的夜已深沈，門窗外飄來柔柔的霧氛，輕吻著早已鏽了的臉龐。

朋友發動了引擎，扭亮了遠燈，又變換近燈，車輪輾過微濕的地面，燈光映照著輕飄的霧絲。熟練的駕駛技巧，彎曲的道路，傾斜的坡度，限速四十他卻以時速七十前進，雙旁的草木，怡人的夜景，已在濃霧中消失，只因未曾謀面的友人已在漁村等候。

想像中的漁村，應是一個古意盎然的小村落，每每只有路過，並未進入一探究竟，此刻面對的，已不是燕尾馬背的紅瓦古厝，而是新建的西式樓房，以及雜亂的巷道。

朋友把車停在一處空曠地，相約而來的友人已在另一部簇新的紅色轎車裡等候，迎著霧絲啟開車門的是一張敦厚俊逸的臉，帥氣十足的身軀，光澤紅潤的臉龐。簡單的介紹，我伸手握住的不是浮華的青年之手，而是紮實的人類希望。同步走進小店屋，四十年代吃怕的蕃薯粥，九十年代卻成了宵夜城裡的金字招牌，以及清淡的高級享受。從貧困的農村來，走過艱辛苦楚的歲月，而對碗裡潔白的米粒，金黃色的蕃薯，桌上的扣肉，小魚，還有幾道色香味美的小菜，怎不讓我們想起已逝的歲月和過去，一大鍋蕃薯塊和著發霉粗糙的戰備米，豆豉、菜脯、醃過的海螺，仰賴初一、十五「犒軍」的芋頭稀飯，來犒賞深凹的肚皮，而生在這個幸福年代的孩子們，他們懂嗎？他們體會不出那時的生活情景，或許要說：這是你們大人該死的年代，與我們何干？

我們分坐在原木小桌的四個角落，想談的，想說的，何止是文學和藝術。從我們短暫的談話中，你的願望和企圖，隱約地已浮現在檯面，把文藝的幼苗深植在浯鄉這塊貧瘠的土地上，把文學的根紮紮實實地深植在光禿的紅壤土裡，歷經歲月的考驗，真光的映照，開出的花朵將更芳香，結出的果實倍感香甜。誠然，在現實的環境裡，綠葉扶疏，百花齊放是責任，而一旦草木枯萎，花兒凋落，卻不能怪罪這惱人的秋天。朋友說你不善言辭，而在短短的交談中，卻深覺得，你的每句話都是真實而自然的。相對的，我們也厭惡虛偽的政治人物、道學家，還有社會人士，總感到這世界缺少了真正的友情和關愛，以及一顆包容的心，到處可聽、可見——只要大爺高興，沒有什麼不可以的。當然，我們也希望大爺高興，永遠永遠地高興，只冀求別太高興，恰到好處、適可而止就好。

右邊坐的是偶像型的友人，修剪整齊的大平頭，理髮師倘若過不了這一關，只能停留在「徒」字上，出不了師門。而他雖然考驗了理髮師，考倒了歲月，卻考不倒執著的愛情。眼見的，心想的，總與實際人生相差著一段距離，我們都清楚，青春年華有盡時，時光一逝永不返，這是人生的現實，不能怪罪歲月的無情。以他的才華操守，對藝術的熱衷和造詣，憑藉著簡單的內容，卻能描繪出足以代表整篇作品中心思想的插圖，遺憾的是懷才不遇，實際人生裡的每一幅畫、每一張插圖，只能藏在心靈的最深處。我們曾經讀過一篇短文──〈這樣的男人很少見〉，文內勾勒的、描繪的，幾乎是他的線條和寫照，如此深入的刻畫，作者許是歷經長期的觀察，和內心的感應，而不是浮雕。

朋友打了電話，五分鐘過後，在我身旁坐下的是部「活字典」，卻也讓我感到，與青年朋友在一起，倍加顯出自己的蒼老。而同住在新市里，怎麼竟沒有注意到這部不必查部首、也不必注音檢字表的活字典。朋友雖然是戲言，但何嘗不是美其名，一般生澀的字辭，他卻能輕易地加以辨正、正音，我們能不服嗎？難道要繼續地錯把「馮京」當「馬涼」，貽笑子孫才甘心。

朋友口若懸河的辯才，他家事、國事、社會事，事事關心，嫉惡如仇的直爽個性，虛偽的假紳士無法在他眼裡遁形。我們同時來自貧寒的農村，窮苦的家庭，四十年代三餐不繼的日子，在腦裡盤旋依稀，桌上微溫的蕃薯粥，或許三大口就能讓它在胃裡翻攪而後溶化。坦誠而短暫地交談，此生又多了些得來不易的友情。它將隨著歲月的消失而自然成長，是否能歷經考驗，一份誠摯之心不可少，互勉互勵，相互包容和關愛不可缺。我們將踏著永恆不渝的友誼步履，走出夜霧茫茫的小小漁村，仰首闊步，在多彩的人生大道上漫行。儘管濃濃的霧氛能讓船艦迷航，然而，我們心中的羅盤遙對的卻是浯鄉這片蔚藍的天空，燦爛的大地，明兒旭日東昇，濃霧將散失在山的這一邊，海的那一頭，是化成滴滴水珠，還是等待大氣的迴轉；是象徵變化無窮的人生歲月，還是險惡的社會人心，這茫茫的夜霧，何嘗不也隱藏著高深莫測的學問，有待我們深一層地來解剖與探討。

重回新市里，不見遠方閃爍的繁星，漆黑寂靜的街頭，微弱的街燈，茫茫的霧氛。木棉道下是一個孤單的身影在晃動，然而，他內心卻盈滿了友情的馨香，臉龐綻放著怡人的笑靨，在這夜霧茫茫的深夜裡……。

一九九七年七月作品

無聲曲

懷著悲傷的心情，眼眶盈滿了淚水。孩子，姨丈搭乘復興航空公司的班機，專程飛來臺北。雖然來不及參加你與瑩玲冥婚大典，卻趕上送你一程。它將在我人生的扉頁裡，留下一個悲傷的記憶。

今天，金門天色蔚藍，晴空萬里；臺北陰沈黑暗，細雨霏霏，跨上你舅舅的白色轎車，車輪輾過的不是微濕的地面，而是兩顆沈重的心；從腦中掠過的，不是異鄉的雨中美景，而是來自報上觸目驚心的報導，扭曲成一團的福斯轎車，當場西歸的悲哀訊息，而令人迷惑的是轎車竟能越過高速公路中線的分隔島，親吻北上的聯結車，分隔島的護欄微損，蒼翠而不知名的灌木只掉了幾片綠葉。宇宙間的奧妙，大氣層裡的神祕，是一個難解的謎題。是惡魔攔路，還是天嫉英才，抑或是天國要委於你們重責大任，急速地要你們回天堂？誠然，我們都穿著生死必然的衣裳，然則，寶貴的生命來自父母，竟然倒在自己的血泊裡。生命是什麼，你們明白；你們知道，但為什麼不珍惜？是否只有死亡的清靜，才能讓你們相互依靠，相互佔有？尤其是趁著你的父母出國旅遊，他們方踏上東歐捷克的土地，進了旅館，尚未打開行李，你哥的長途電話亦由國際臺轉接上，為了不願讓他們在異國悲傷落淚，只簡單地告訴他們，你們因車禍而住進了加護病房；然而，你的律師父親，他不但能研判案情，也能研判病情，因車禍而進入加護病房，任憑不死也將成為植物人。而身在異國，插翅也難飛回來，歷經多少波折，從捷克到德國轉香港回臺灣，終究還是見不到你們最後一面，有的只是躺在太平間，滿身傷痕，僵硬冰冷的身軀，以及失色的容顏。孩子，他們如何度過那些淒風苦雨的日子，你們永遠不知道，也看不見，目睹你們併肩安祥地躺在鄰近的冰床上，將含著幸福的微笑攜手上天堂。白髮人送黑髮人是人世間最殘酷的戲劇，既然布幕已啟開，角色已定，瑩玲的父母提出為你們舉行冥婚的要求，而你生長在基督教家庭，父親是經過受洗的虔誠教徒，他沒有怨言，沒有阻撓，欣然應允，以「佛」能普渡眾生，來求取自身的諒解。並親自攜帶喜餅、飾物，到苗栗頭份瑩玲的家提親，以你的衣物迎回她的華服，擺放在貼滿喜字的新房裡，簇新的被褥和傢俱，就儼若新婚蜜月般地甜蜜和幸福。你們的新房，遙對著淡水河畔碧草如茵的草坪，河裡的波光水影，棲息在紅樹林裡的野雁海鳥，將永遠地伴著你們。

雖然你在一個高水準的律師家庭長成，但並沒有把你塑造成現實社會裡的公子哥兒，你勤儉、樸實、謙和有禮，從建中、交大而直升研究所，你的學業和操行同樣受到師長的肯定和讚賞。校長鄧啟福先生「英才早逝」的輓聯，理學院林院長、應用數學系傅主任，親率系所同學蒞臨殯儀館景新廳；瑩玲新竹師院的師長以及任教學校的師生代表也來到，為你們拈了香、行了禮，流下滴滴悲傷的淚水。孩子，這是你們生前聚福惜緣所換取而來的哀榮。你們留下的，不是對人間的仇視，而是依依不捨地遠離。師長的祝福，同學的默禱，願你們永恆地銘記上天堂，不要遺憾在人間。

道士誦完經，姨丈接過瑩玲姑姑姊姊手中的紙錢和冥幣，上面清晰地寫著你們的名字，每疊是「廿萬充足」，指定要你們在陰府折封，並且警告陰間的孤魂野鬼，不得侵佔，一經查覺，必定究辦。在廊道的金爐裡，焚燒了好久好久，一旦你們進入天國，雖不一定能成為富豪，但足可讓你們無憂無慮地繼續完成學業，以及建立一個幸福美滿的家庭。岳家設想的周到，基督家庭裡的包容，孩子，你有幸跨越兩大宗教，心中有阿彌陀佛，也可默唸阿門，不管在天堂在地府，將受到雙重的庇佑，所有的幸福全都歸你們所有，我將陪同你們的父母和家人，一起擦乾淚水，含笑地祝福你們。

臨近午時，祭禮也告一段落，雖然父母痛失了你們，卻也慶幸二位子女已成長，一位是你的哥哥，一位是瑩玲任職於警界的姊姊；從你們發生事故，他們代表著雙方家長，從細小的事務，到繁瑣的公祭出殯；從你們的冥婚到火葬，雙方含著淚水善意地坦誠地溝通，讓你們無怨無悔，安詳無憾地進入西方的極樂世界。孩子們，父母恩，兄弟姊妹情，如果有來生，此時此刻、永久和未來，你們要銘記在心頭。

姨丈強忍著奪眶而出的淚水，默默地環繞百花點綴的靈堂，很快就要大殮，棺木將不留情地把我們分隔：一在人間，二在天堂。目中凝視的是美滿幸福的金童玉女，淚水已滾落在多皺的臉龐，該向你們揮揮手，還是說聲天堂見。遠從千里來送你們一程，非因非果而是緣，但願你們靈前繚繞的清煙，桌上搖曳淚流的白燭，黃白相間的菊花，能幻化成一對蛺蝶，雙棲雙飛在春天中，逍遙地飛向你們理想中的天堂，飛向西方接引的極樂世界。而我心中的蝶兒，不久也將飛出，是尾隨著你們，還是獨自飛舞在虛無飄渺的雲層，消逝在天空蔚藍的深邃裡……。

一九九七年八月作品

后扁山頭走一回

來到后扁小小的山頭，天色仍然一片朦朧，它還籠罩在盛夏迷濛的晨霧裡。鐵絲網旁的哨兵，伸舌吐氣的軍犬，同時凝視著遠方，看那泛白的魚肚，翻起一絲微紅。

遙對著田浦海岸的礁石，圍頭海域裡的漁舟，太陽終於擺脫隱藏在海平線上的半邊紅臉，反射的金光，像延伸在海中的金黃大道。山嵐的微風，海岸的濤聲，木麻黃樹梢的雲海，只有在這東南面山、西北環海的山頭才能看到。

陪我同來的是自幼一起長大的堂弟，師院畢業後，自願到南部一所偏遠的小學任教，深山裡的竹林野草，晨昏美景，清麗脫俗的村姑，在他青春的歲月裡，在他此生的記憶裡，都留下不可磨滅、無所取代的印象。然而，異鄉怡人的景緻，美麗的少女，總感到沒有回到家鄉的愜意。同樣的太陽，我們是從海平線上升起，它卻在冷泉中高升；同樣的少女，我們企求的是柔情和純樸，她們希望的，卻是浪漫和激情，這或許是他整裝返鄉的最大原因吧！

田埂上，苦楝樹中的蟬聲已鳴，清脆的清音，是要喚醒沈睡中的人們，還是帶給大地悅耳的聲韻。太陽已爬上田浦城牆的頂端，金色的海域，刺眼的光芒，樹梢上的雲海已不見，低空裡的霧氛已散，清新的大地，怡人的仙境；野鳥掠過眼際，在相思林的枝椏上雀躍，在田野間覓食，草地上的露珠、綣繾的籐蔓，微合的綠葉，時序下的大暑，高掛的太陽已把晨曦霞光吞蝕。汗水由我們的額上冒出又滾下，苦楝樹上的枝葉已擋不住迎面的陽光，阻不住引吭高歌的「杜麗」，低吟的「青枝仔」，還有那叫著「善仔」的音韻。

頭戴著箬笠，荷鋤牽牛的老農，已由另一個山頭走來，五十年代農村的景緻已褪色，高學歷的青年，不滿現實的公子哥兒，誰還願意留在這個純樸的村落，守著那幾畝旱田？任由它荒廢，長滿野草，任由田埂上粗大的樹根延伸到田裡，吸取原始的沃土和水分；荷犁、帶鋤、挑著水肥、趕著牛羊的情景已少見。鄰近村郊路邊，稍微值錢的就把它販賣或抵押，本金利息不繳又不還，管它祖宗十八代，就由吸慣了人們血水的行庫去拍賣吧。有了銀子，作威作福，吃喝嫖賭，用一個空空洞洞的頭殼來報答列祖列宗，逢年過節，幾包生力麵、蝦味先、幾顆果凍、一炷香，委屈你們了，老祖宗，不是子孫不敬和不孝，也沒有心存欺騙，這是一個不一樣的年代，不一樣的社會，傳統的倫理道德，已是當今字典裡查不到的辭彙，只要子孫高興，你又能怎樣？

太陽已爬上了山頭，遙對的是東邊一片火紅，以及岸上墨綠的木麻黃，潔白的沙灘，正是漲潮時刻，白浪翻滾在佈滿褐色苔蘚的巨巖上。樹下的陰涼，已被熾熱高溫的陽光取代，汗珠由鬢邊滴落，我們是以怡悅的心情來看日出賞美景，而那些在巨陽下辛勤耕耘的父老，他們滴下的汗水，是否能潤濕這片乾旱的田疇？放眼一看，整個山頭只牧放了兩條牛，那一大片青青的草地，由牠們霸佔和瓜分。然而，牠們依舊快速地啃食。長長的尾巴扇拍著纏身的蚊蠅，隆起的大腹，金黃光澤的體毛，春耕已過，只零星地撖些番薯股，何能累倒牠們。稍待片刻，老農會解開牛繩，讓牠們在塘裡喝足水，拴在陰涼的樹下，反芻胃裡的綠葉和青草。雖然遠離了三十餘年的農耕歲月，這山頭上的一草一木、草地上的一牛一羊、田裡的芋仔和蕃薯，都深深地印在我們的記憶裡，此時所見，何止是太陽的東升，陽光的映照，緬懷已逝的農村歲月、農耕生活，才是蒞臨這個小小山頭的主要目的。

頭頂著高陽，揮著汗水，我們沒有往來時路迴轉，雖然它是一條平坦舒適的高級柏油路，但必須經過讓我們感傷的楓香林區，想起昔日駐軍日夜趕工，砍掉多少古木叢林，遍植楓樹，有計劃地把它闢成一個清新幽雅休閒娛樂的楓香林區，而只經歷短短的幾年，雙旁的野草已包圍了健康步道，拱橋已龜裂，美麗的楓葉任由蟲兒啃食，野草已高過坡上矮小的楓木，石窟裡是一池沒有漣漪的死水，我們又何必經過這個令人痛心、虛有其名的地方。

「煙墩腳」的蜿蜒山路已被蔓延的牛港刺所阻繞，我們輕而小心地撥開它，深恐刺傷了肌膚，流下滴滴鮮血。而曾幾何時，那股墾荒破棘的精神已不復見，隨著歲月的流失，是否已變得貪生怕死，還是捨不得遠離安逸太平的日子。「龜石」、「田前」、「這尾仔頂」，所有的良田已休耕，往日青蒼翠綠的高粱苗，金黃的大小麥，一股一股的蕃薯籐，斗大的芋仔葉，田邊湧出清泉的古井；想起那時，緬懷過去，額上的熱汗已逐漸地成為冷泉。誠然，時代的巨輪已輾過苦難的歲月，然而，未來的日子卻沒有它的單純美好，五十年代那份血濃於水的親情友情，全家樂融融地吃著蕃薯配菜脯，那種鏡頭在現今的社會已難再現。雖然少了「夭壽」、「死囝仔」和「哭爸」這些粗俗的咒罵，而相對地，一些不堪入耳的穢語也相繼出籠，他們標榜的是新新人類冷血的「酷」，雙目凝視的是標新立異的「帥」，這些不知天高地厚的夭壽死囝仔，總有受到上天譴責的一天。

經過「刺仔腳」、「大琦」和「山郎坑」，雨水沖刷過的路面，沙礫石塊已暴露在外，誰願意把它鏟平整好，雙旁的「翠莓刺」、「虎姆刺」已延伸到路的中間，原本已顯得窄小，現在只能單人前行，這高低起伏的山頭和田疇，並沒有蒙受政府的恩惠，重劃和修建農路或開挖池塘，由它自生自滅，讓農村的黃昏暮色，繼續籠罩著這片田野。內心所感的，只有這山頭怡人的景緻，心懷的是農村不變的情景。浹背的汗水已冷，豔陽依然高掛天際，走上臨村的最高點——「后山頭仔」，許白灣湛藍的海水，北碇島上的巖石和燈塔，圍頭海域的漁舟帆影，田浦大地的古厝，全由我們的眼簾掠過。昔日黃沙滾滾、寸草難生的「西埔」，經過土質的改良，蒼勁的林木已長成，雖然是清一色、沒有美感的木麻黃，然則，它的自然和綠意，卻是我們心中永恆的希冀和美感。

從朦朧的天色到日出，從金黃的微光到炎陽，我們歡欣愉悅地環繞整個山頭。海的浩瀚雄偉，山的秀麗祥和，雲的逍遙飄逸，烈日下是一片光輝燦爛的大地，內心盈滿幸福，腦裡盪漾著希望；年老時的孤單落寞，心靈中的淒風苦雨，將在這片綠意盎然的田野中消逝……。

一九九七年八月作品

在許白灣沙白水清的海域裡

遠遠我們看見，層層的鐵絲網上掛了好些隨風叮噹的空鐵罐，還有紅色的「雷區」警示牌。淺綠色的瓊麻，以其頑強的生命力，在烈日滾燙的細沙裡成長。海風吹走了盛夏的熾熱，濺起的水花飄來絲絲的涼意。走在許白灣沙白水清的海域裡，湛藍的海水，銀白的浪花，烏黑的礁石，這是我們面對浩瀚大海的第一印象。山的青蔥祥和，樹上的蟬鳴鳥叫，池畔裡的蛙兒清唱，已無緣在這無際的海洋中見到。雖然它只是滿佈礁石的淺海，然而，石縫裡的「虎螺」，小石下的「珠螺」、「簸箕螺」，隨波而來被困在淺水潭裡的小魚蝦，海洋裡的好些生物，都能在這裡見到。

我們以鐵製的「螺勾」試探著深度，涉著清涼及膝的海水，腳踏著水中柔軟的沙地，左手輕拍著微翻的浪花，整顆心像漂浮在海面上那麼地輕盈和愜意。頂上的烈日曬不透水裡的清涼，我們緩緩地步上四面環水的小礁石——「許白礁」，石上的苔蘚、寄生的「硬殼蚵」，風化後銳利的貝殼，溝渠裡金黃色的「雞級仔」，外殼長著綠色的青苔，大小排列，高低起伏，狀如雞冠；在它多采的生命裡，無爭、無吵，與巨巖為伴，以海洋維生，我們何其忍心挖取它，讓它不甘心地魂斷鐵勾。

俯身拾取吸在礁岩上的珠螺，外殼是一層滑滑的泥漿，仔細地觀察、凝視，無從得知它成長的歲月和年輪，只感到它以堅硬的外殼護衛著微小的生命，當我們拾取它時，它快速地將身體縮回，緊緊地封閉在硬殼裡，只留下石蒂旁微濕的水份，任由人們擺佈：要煮、要醃；要丟、要棄，由不得它們抗拒和不願。輕輕地把它放下，它已無心貪戀這塊礁石，連續地翻滾，滾落在深深的溝渠或大海，而它們終將會自己爬起來，以求生之毅力，在海洋中延續微弱的生命，而人呢？當他們滾落在深溝、在大海，是否能自行爬起，還是嚎啕大哭，狂喊待命，等待他人來救援？雖然自認為是群體動物，萬物之靈，但若不超越自我，處處仰賴旁人求生存，再高的才華和學識，亦將遭到淘汰而沉沒在海底。

跨過另一塊礁石，斜坡下的平面緊貼著海水，風化過的貝類粘存在岩石上，短短的海草裡是有菱有角的「刺豬螺」，它隱遁在褐色的地面上，雖然有華麗的身軀，貌美的容顏，但卻不輕易地展現、秉持一貫的謙卑，任由退潮時的污泥加身，而當潮水上漲時，浪花將親吻它不變的容顏，恢復它的潔淨，霎時的貌變不緊要，永恆的光輝才該追求。海洋裡的萬千生態，人世間的千萬嘴臉，只要我們細心觀察，深深體會，將能悟出一絲真理，如果只想在陸地上看大海，在海洋中看人生，終將失去生存的價值和意義。

同行的小姪兒以蚯蚓當餌，放在水花四溢的礁石洞裡，不一會，釣起的是一尾小小的石斑魚，橘紅的身軀，黑色的斑紋，釣勾穿過微張的嘴角，不停地躍動、擺尾，晶瑩烏黑的小眼，凝視著可惡的小釣客，它的命運已掌握在小男孩的手中，任由他玩捏，擺弄，雖然想做最後的掙扎，終究還是失敗，回不了大海，只能橫躺在竹籃裡。

——孩子，這尾不及三兩重的小石斑魚，既不能油炸，也不能燉湯，何不給它一條生路。如果是你該得的，三、五年後我們重來，它會自行躍進你的竹籃裡。如果不是你該得的，今兒吃了它，說不定魚骨會鯁在你的喉頭，到時吞不下，吐不出，那才糟哩！

小姪兒疑惑地看看我，一臉的茫然，不甘心地把它丟回海裡，它翻了翻微紅的身子，擺擺鰓，搖搖尾，緩緩地游向湛藍清澈的海中。三、五年後，果真能游回來躍進他的竹籃裡，這是玄學上的問題；孩子，你我都不易理解，唯一能記下的，那便是順其自然，不必強求強取，捨與得同在一個平衡點。活著，也要活得有人味，任你斯文掃地，也不能讓自身的人格破產。

小姪兒內心的不悅，就彷若這大海裡的微風，輕輕地一吹就過去了。他收起了釣竿，俯下身，拾起了五光十色，各式各樣、大大小小的海螺，很快就盈滿了籃底。他輕輕地搖晃著，發出螺殼碰撞的微響，童稚的心靈，像礁石上一潭清澈的海水，沒有受到現實環境裡的污染，不知人世間的險惡，面對著茫茫大海，杳杳天，我們的心胸果能像浮雲白日下的海洋那麼地開朗祥和？在時序下逍遙自在地起伏漲退？若能像竹籃裡的海螺，不知不覺，任由人們拾取丟棄，任由歲月腐蝕，巨浪拍打，總比讓人挑肉煮食好。

涉水走回沙灘，遙對的是岸上翠綠的木麻黃，淡綠的瓊麻，還有生鏽的鐵絲網；而此刻從腦海裡掠過的竟是海南島的「牙龍灣」，它細白的沙灘，岸上高大茂密的椰子樹，清澈的海底是詩意盎然的珊瑚礁，展露出南國醉人的風情，若依我們的地理環境善加規畫，「天涯」、「海角」也將失色；只是我們依然被生鏽的鐵絲網所圍繞，紅色的「雷區」警示牌更讓我們觸目驚心。誠然，這裡是一個風光綺麗、景緻怡人的聖地，但何日能剪斷我們心靈中的「鐵絲網」？何時能清除我們腦中盤存不散的「地雷」？遙對的依然是茫茫大海、杳杳天。而大海何幸！生長在島上的居民何幸！只有仰首問蒼天。我們是否能冀求生命中的夕陽永不西下，還是生命中的潮水永不退？走在這沙白水清的海域裡，心中的陽光難再昇，落日餘暉續映照，難道是人生歲月的盡頭，如能長眠在這片潔淨的沙灘上，傾聽浪拍巨巖的濤聲，何嘗不是我們此生最大的希冀！

然而，美夢是虛幻不實的，噩夢卻讓人難忘懷。當歲月的酸素腐蝕了我們的身軀，化成白骨一堆時，這片海域是否會受到污染而失色，抑或是繼續保有原來的風貌。誠然不能像南國遍植椰樹，但若把土質加以改良，古榕、木棉並非沒有存活的可能。當三月木棉盛開，榕樹萌起綠芽，瓊麻邊上青青草地坐滿了遊客，許白灣沙白水清的海域、退潮時露出的礁石，拾螺垂釣，游泳戲水的男男女女，將把它提昇成一個怡人的仙境，又何必去那遙遠的天涯和海角；然而，我們心中鏽了的鐵絲網、腦裡盤存的地雷何日能鏟除？噩夢是否仍要延續下去，美夢何時能成真？頂上的髮絲已白，鬢鬚亦是雪霜一片；海上的微風，潔白的沙灘，銀色的浪花，清澈的海水，浮起的礁石，掠空的海鳥，已盈滿了我蒼老的心靈，權勢、名位、金錢、醇酒、美女、華屋也在腦中消失和遠離，能走在這片沙白水清的海域，此生還有何冀求……

一九九七年八月作品

春風掠過中山林

走在我們引以為傲的綠色長廊裡，目視中山紀念林秀逸的紅色大字，總有好幾百次吧！而始終無緣入內，親睹林區自然怡人的美景。松的蒼勁挺拔，柏的墨綠娟秀，杜鵑更是染紅了雙旁的溝渠。來到這片遼闊的林區是在三月的一個雨後，迎接我們的是微微的春風、溫煦略偏的驕陽、淡淡的花香、盎然的綠意，還有天空飄遊不定的浮雲。

我們把車停在左邊劃著白線的位置上，平坦的水泥廣場，整潔的路面，花圃裡種植著不知名的草本花卉，紅紫相間，金黃交錯，毛茸茸、綠油油的葉脈，展現出嬌美、脫俗的姿色。滿懷愉悅的心，腳步更像微風般地輕盈，擁抱這片綠色的叢林，是我們此刻最大的希冀。管它是松、是柏，是相思、是苦楝，是玫瑰、是杜鵑，是狗娃花；還是鼠麴草，我們已無心做詳細的分辨，只深恐心中這份美感會不知不覺地從我們雙目凝視的花前溜走。

橫跨過小小的溝渠，松樹上掉落的針葉盤存在雜亂的枝枒上，我們停下腳步昂起頭，仰望的不是藍天白雲，而是松樹枯萎的枝節，以及綣繾在枯枝杈枒上的籐籮。步上小小的黃土坡，陰涼的樹蔭，山林中的寂靜，紅壤土上未腐的落葉，幾株嫩綠的野草細長嬌柔，它們是否能歷經風霜雨雪炎陽斜照？它柔軟的根不能深入堅硬的土壤裡，浮起一節蒼蒼白白、虛而不實的莖節，何時能直起腰，挺立在這片遼闊的林野，是要歷經嚴冬的考驗？還是接受歲月的洗禮？自身的體會，心中的感受，這林中的一草一木與我們實際人生並沒有兩樣，雖然我們是有血性有感情的動物，它們是麻木不仁的植物，而當我們心靈裡失去那份緣意時，血性與情感必然同時凋落，肢體的麻痺、知覺的喪失，或許比這林區的草木還可悲。

褐色塊石堆疊的基座上，鋼盔下是一張慈祥熟悉的面孔，栩栩如生、炯炯有力的眼神，已不能從我們的記憶中減溫，儘管史學家對他的功過褒貶不一，然則，歷史自有公斷，我們緬懷的是那份真實與自然的容顏，此時已毋須由誰引導我們歸鄉的路途。況且，歷經幾次觸目驚心的戰役，砲火的摧殘，小島護衛著大島，小舟掩護著戰艦，鐵的事實已擺明在眼前，是那一方的同胞真正為國為民犧牲奉獻，沒有芋仔蕃薯，那來香蕉鳳梨？怕的是搞不清漢、滿、蒙、回，看不清自己的版圖。純潔的心靈已遭污染，從「書香社會」到「心靈改革」，從「心靈改造工程」到「新的時代呼喚新的心靈」，它起了多大的作用？是否能為社會帶來一片祥和，以及健康的思想、沒有病痛的身軀？新口號呼喚的聲音總較響亮，反攻、反攻、反攻大陸去，悅耳的歌聲依然在我們的腦中盤旋和激盪，果是我們所思所想，已跟不上時代潮流，還是要繼續尾隨已病入膏肓的社會前進。該深思，該熟慮，或是茫然不知所措。

前方的不遠處是紀念館，儘管設計者名震中外，但總讓我們感到，它缺少了古中國優美的傳統建築藝術，左盼右顧，總品不出它的美感，無法與我們傳統的古厝相媲美。一棟建築物，如偏離了國情、民情，不能給予觀賞者真實與自然的美，只不過是擋風遮雨的屋宇，與普通住屋又有何差別。我們佇立在館外寬大潔淨的廣場很久很久，驕陽已偏西，微風由周圍的龍柏、古松、南洋杉頂端與空隙處輕輕地吹來，斜坡上翠綠的草坪，溝渠旁盛開的杜鵑，心中擁有的是這林區裡的自然和美景，無意進館觀賞偉人的遺物和擺設，以及牆上浮雕的金玉良言。

沿著館外的廊道向後轉，小丘上的紅壤土已被剷下了好些。松樹的根已暴露在陽光下，傾斜的主幹，針狀的綠葉，雖然被人類所欺壓，然而，它仍然要生存下去，以副根吸取土壤裡的水分，以針葉迎接雨水和露珠，雖然傾斜不正，但那蒼勁傲人的風骨，果真是——人要我死不易，自行滅亡才可悲。它所展現的何止是向人類挑戰，而是不可缺的生之毅力，所冀求的也非紅壤土的再行覆蓋、深埋，而是要與這林區裡的草木花卉、陽光露珠共度生命中的晨昏。走過秋的悲淒，接受寒冬的考驗，迎接生命中的春光驕陽。右側是一條蜿蜒的人行步道，兩旁雜亂的野草，一地枯枝落葉，高大挺拔的木麻黃，低矮的松林，幾聲蟬鳴，幾聲鳥叫，啁啾的燕子由眼前掠過，無波的心湖，才能領略到這份真實自然的美感。在這個為錢辛苦為錢忙的現今社會裡，在這個雙手捧著銀子孝敬阿姨仔的不正常心理，有誰願意把時光耗在這片自然的林區，對這個已生病的社會，不想再浪費筆墨來批判，就讓它毫無尊嚴地深埋在這片純淨的泥土裡。

在這綠色的林區，我們不必刻意地去理會那兒是正門，那兒是偏門；那裡是東南，那裡是西北。左邊右面，不是青蔥，就是翠綠；不是挺拔的林木，就是盎然的綠意。右前方是木屋和荷池，拱橋和竹籬，零星的梅和竹，似乎與這片廣大的松林不成比例，讓我們不能深刻地體會到松、竹、梅，歲寒三友的意境。

在嚴冬常青的松竹，在寒冬開花的臘梅，內心感應著它們有相同的價值和份量。只是此時，松竹手采依稀，臘梅花期已過，而荷池裡的荷花呢？它果能出污泥而不染？墨綠的荷葉，含苞的花蕊，賞荷季節未到，心中已有荷的芬芳。在葉上飛舞的蜻蜓，在池裡遨遊的蝌蚪，木屋簷上微動的茅草，啄地覓食的麻雀，在這夕陽即將西下的林區裡，抹上一把耀眼的色彩，點綴著清新怡人的春意。

一九九七年八月作品

遺憾與歉疚

一九九七年七月二日，我收到「中國文藝協會」王秘書長（詩人綠蒂）代傳真給我的乙份邀請函——

陳長慶先生惠鑒：

為擴大兩岸文化交流，促進詩歌發展，遼寧省盤錦市定于一九九七年八月一日，在盤錦市遼河賓館舉辦「盤錦市海峽兩岸詩學研討會」，會期五天。素仰 台端詩學造詣深厚，謹此特奉函邀請您光臨大會，與各地詩人歡聚一堂，共同研討詩學的建築和發展。……

坦誠地說，詩是我文學生命中最弱的一環，但我並不懼怕要交給大會乙首五十行以內的新詩，以及一篇二千字以上的論文。能獲得這份殊榮，內心的喜悅和感慨，非圈外人所能理解。

依目前多方位的詩壇，詩人之多何止是一個步兵營的兵力。在僅有二十個名額裡，能受到邀請，不得不感謝同在文藝園地裡，走過艱辛苦楚歲月的詩人——張國治。由於他的推薦，文協才肯把這個名額和機會，給予在砲火中成長的金門人。

孩子很快地把我的資料傳真給文協，心中和腦裡也同時盤旋著大會的論文題目〈詩與自然〉，自認為有信心在出席的同時交予大會。然而，事與願違，我的總經理太太下班後，習慣地打開抽屜，檢視與我來往的信件，當她看到那份邀請函，怒目地凝視著我，變臉像變天地收起原有美麗的笑容，屋內凝結著冰冷的氣氛，強光也變成微弱；架上陳列的各類書籍，霎時已感應不出有書香的氣息，這已是風雨欲來雲滿天的徵象。

她取走了那份我引以為榮的邀請函，我也深知它的命運，不是裝框懸在牆上留做紀念，也不可能點火把它燒成灰燼，而是用她那永遠細柔白嫩的纖纖小手，把它撕成一片片。

我看不見碎紙上是否留有朱紅的蔻丹，還是流下二滴嫁錯郎的淚水。我忍下不能忍受又必須面對的無奈，抑住不能減溫又必須冰冷的火焰。突然我想起石原慎太郎的一句話——

你們都不瞭解我，這些笨蛋！

然而，我們歷經三十年餘的朝夕相處，共度一萬又好幾個美麗的晨昏。我的人格雖不完美，但自信無缺。我的操守雖沒十全，但現實環境裡的惡習沒染上。這也是我一直感到對得起良心與列祖列宗的一件事。

一九九五年，我到過香港、海南、福州、廈門；一九九六年到過北京、桂林、重慶、武漢。她都細心地為我打理行囊，兌換美金、人民幣，還深情地祝福我旅途平安愉快。而此時，我的護照和台胞證卻深鎖在她藏著金、銀、銅、鐵、不能充飢，只能目視的保險箱裡。

右轉三圈，左轉二圈，再右轉一圈，然後再左轉一圈半，任她告訴我密碼，握筆的手終究還是啟不開那刻著長短線條，外鎖內鎖的笨傢伙。我深知她捨不得我遠離，彼此都已年老，往後的日子能有多少，已不能用木製的算盤和時下的電算機來計數。當然，我內心也感應到，這是愛，但似乎愛得過火、愛得冒汗。我何其有幸，沐浴在愛和幸福的世界裡。如果此生能把情和愛深鎖在保險箱裡，既安全，又可靠，旁人那有本事來啟開，除非歷經歲月的腐蝕。

曾經、過去和現在，我們同時過著幸福的歲月，美好的時光，彼此內心湧現的，是誠信和包容。她曾到過美、日、英、法、瑞士、加拿大和德國。走過這些國家的重要城市，美其名「金融考察」，實際上觀光旅遊才是真正的目的。而我只不過是在自己的國度裡，看看莊嚴秀麗的祖國山河，與文友相互研討，交換寫作心得。或許，文學和金融是兩個不同的體系；然而，參與人員高尚的情操和人格是不容置疑的。文人是腦力與文字的凝聚；金融是鈔票和鎳幣的重疊。我們都清楚，每種行業、每個團體，有美也有醜，惟有文人傲人的風骨，才能忍受孤獨與寂寞。那些高級的紳仕們，他們道貌岸然，一本正經，雙眼凝視著巴黎鐵塔，心想的卻是歌劇院裡搖擺著臀部的金髮女郎。也只有文人，才能獨自躑躅在天安門廣場，默數祖國夜空裡燦爛的繁星。

誠然，我已失去這次良機，也無不滿的情緒需要發洩。不能赴會的遺憾與對友人的歉疚，卻始終在心湖中激盪。朋友雖然同情我屈服於現實環境，文協也另行安排。當張國治遠從滾滾的遼河回來，他腦裡所思、心中所感，無一不是讓人心酸淌血的祖國情懷，在電話中久久不能言語地哽咽著，而後聲音顫抖地說：

金門人無論走到那裡永遠不會丟人。我全程參與研討、發表論文、朗誦詩歌，讓兩岸的詩人朋友同時留下深刻的印象。遺憾的是，你不能同行！

我無言以對，久久地沉思默想，心湖中的水波，仿若流入渤海的遼東灣，高低起伏，時漲時退。何日有幸再受邀，何時能讓我們併肩佇立在雙台河口，同賞那片自然怡人的景緻，捕捉心靈中最美麗的詩篇……。

一九九七年九月作品

同賞窗外風和雨

從朝南的窗口凝望，木麻黃翠綠的針葉蒙上一層薄薄的霧氛，豆大的雨點和勁風，依然打不開、吹不散籠罩在樹梢上的白色布幕。誠然這是初秋，但並不是那秋風秋雨愁煞人的時節，而是「安珀」與「卡絲」引進的西南氣流，帶來的淒風和苦雨。

我隨興倒了一杯酒，那是四川有名的「五糧液」。送酒的友人交代再三，這是毒藥，不是補品；恰到好處、不能盡興。當然，我深知自己不是「醉仙」，亦非「酒鬼」。

很久很久以前，如果喝上一小杯，就像眾神附身般地搖頭捶桌，「白花吾兒」、「紅花吾子」，找起「三姑」來。而今，一而再，再而三地淺嚐獨品，腦中已沒有三姑的存在。許是自我的再體認，雖然不能為我帶來行雲流水般的文思，卻深感是得了父親的真傳。

吸菸、飲酒超過五十餘年歲月的父親，在他走完七十四個人生寒暑時，桌上擺的依然是酒和菸。年輕時想喝一杯，還得到村裡的小店舖賒欠，雖然一杯五加皮酒只要那微不足道的兩塊錢，但總要等到賣了豬、賣了羊、賣芋仔和蕃薯，才能還帳。當孩子長成，能讓他不必賒欠暢飲，勞累一生的軀體，已像老舊的時鐘，走走停停，當停在鐘面上見不到的七十二時，牽著牛、荷著犁，已步不上「宮口埕」的石階，無奈地坐在地上嘆氣。古銅色的臉龐，滿佈著一條條深深的溝渠，歲月果真不饒人，是誰說過人生七十才開始，那是一句美麗的謊言，錯誤的邏輯，騙人的玩意。

在往後的晨昏裡，父親獨守古厝兩旁小小的「櫸頭」，以酒來緬懷已逝的農耕時光，以繚繞的菸圈來替代尚未走完的人生歲月。每當想起那幾畝即將荒廢的旱田，以及拴在樹蔭下反芻的老牛，嘴上含著菸，微嘆著氣，順手倒下一杯高粱酒，我們不明白他是輕嚐還是細品，乾澀的唇含在杯沿，發出微響的「啉」聲。朝一口、暮一口，夜半無眠時再嚐一口。菸酒不停地交替吸飲，已成了他延續生命唯一的良方。我們擔心他的肝、肺，是否能承受一天二包菸一瓶酒的高份量。有時母親趁他熟睡之際，倒下少許白開水；然而，酒的淡烈，那有分不清辨不出之理；他內心裡並沒有不悅的反應與被愚弄的憤怒，眼裡閃爍的，依然是對母親的深情、對子女的關愛。明知烈酒傷肝、濃菸傷肺，而二者均是他此生所愛，缺一品不出生命的美味，活不出往後歲月的真義。一生承受著不能忍受也得承受的重擔，未曾苛責什麼，冀求什麼，默守的是貧困的家園，老舊的屋宇，斑剝的牆壁，白蟻啃食過的樑柱，以及一張古老的「眠床」。

熾熱的心是否已隨著衰退的身軀而老化，微禿的頂上，銀色的髮絲，覆蓋住露出膚色的腦後，黑白交錯著，粗硬扎人的鬍鬚豎立在唇上。潔白的假牙義齒，隨著食慾的不振，只能聞到從齒隙間，散發出來的菸味和酒香。然而，微弱的軀體終究抗拒不了濃菸烈酒，小腿已浮腫，手扶床沿撐著拐杖也難行。推著輪椅，陪他走在醫院陰沈的長廊，枯瘦的手，交叉平放；凝視前方的是炯炯有神的雙眼，以及微風吹動的髮絲，蒼白的心田。而我沈重的步履，顫抖的手，是否能把年邁的父親推向新的未來、幸福的世界，還是讓他隨著歲月的流失而老化？

從肝功能與X光透視，醫生訝異地，也不信他一天兩包菸一瓶酒；老先生的身體狀況非常好，只讓他服了少許的利尿劑，小腿的浮腫快速地恢復正常。然而，同年的冬天，七十四歲的父親在一個寒冷的午後突告暈迷，額上冒起熱汗，手腳微抖，母親與叔嬸鄰人卻不贊成把他送進醫院，這是老年人臨終時的徵象，萬一途中斷了氣，進不了村，更是愧對父親。家人很快為他穿上長袍馬掛，微弱的氣息歷經三夜終告停止，身軀也由微溫轉為冰涼，沒帶走他喜愛的菸和酒，也沒留下一言半語，就那麼地走完他人生旅途的七十四個春夏和秋冬。看他安詳毫無痛苦地躺在棺木裡，果是一生中多吸了幾包菸、多飲了幾瓶酒？我思維裡的答案是否定的。總認為人的壽命有長有短，誠然這是一個科學時代，這種論調或許要被推翻。但我們親眼目睹，世上的名人偉人，巨商富豪，身邊有專屬的醫師、營養師、廚師，卻依然逃不過纏身的病魔，免不了要走向死亡的不歸路；他們老終時所受的折磨，或許比我平凡的父親承受的還要痛苦；走時，諒必也沒有我忠厚樸實、辛勤農耕的父親那麼安詳，那麼自然。

窗外的風雨交加，幾片微黃的枯葉飄落在地面，雨水打在它們身上，滴答、滴答的響聲清晰可聽。不久，它們將隨著附身的泥土而腐蝕。濕了羽毛的小鳥在木棉的杈枒上隨風躍動。舉起銀製的小酒杯，杯外浮雕著精緻的圖案，只是雙眼已花，看不清它描繪的是什麼意境。孩子從吉隆坡帶回的，或許深刻的是馬來文化，無意對它作深一層的剖析，只感到杯中五糧液的醇香，以及從酒中，品出我內心多彩的人生歲月。誠然，父親遺留給我的，並非是從酒中看人生，而是要我在這風雨交加的時刻來體驗人生的真義。一陣微風，一滴雨，它們能幻化成什麼，是我們心靈中不可缺的甘霖，還是能煽冷熾熱的虛偽和醜陋！

初秋的風和雨，帶來了些許清涼意，少見的秋霧，遮掩住遠方的山頭，樹梢上滴落的水珠，是一顆顆，一粒粒，還是一串串；逐漸退化的腦力已不能清清楚楚地記下它的美貌，只感到它的晶瑩、剔透。然則，迎接它的不是乾裂的唇舌，而是芬芳的泥土，以及樹蔭下翠綠的草坪。

放下銀色的小杯，凝視風雨中的新市街道，平日熱絡的商業氣息已不見，兩旁孤單的騎樓，滿是泥淖的地面，風雨帶來的不是詩情，也非畫意。微啟的褐色鋁窗，疾風夾著雨絲迎面撲來，五糧液快速地在體內冰涼。我索性乾下滿滿的一杯，雖不能品出它的醇香，卻淒然地想起父親在世時的情景，他已遠離我們三千多個晨昏，十載歲月。然而，他歷經風霜的臉龐，古銅的膚色，長著厚繭的雙手，時刻在我腦中盤旋，在心湖裡盪漾。

窗外的雨水已凝成我雙垂的淚珠，是一滴滴，是一行行，還是一串串，彷彿木棉樹下有父親的身影在晃動，微顯的是一個披荊斬棘、生我育我、扶我走過苦難歲月、散發著父愛光芒的音容。而吾父已在另一片荒郊野地長眠，他慈祥的容顏，樸實的身影，是否真能在此刻顯靈，父子同賞——窗外風和雨……。

一九九七年九月作品

牽網

海水已由岸邊的鐵絲網緩緩退下，潔白的細沙隨著波浪不停地翻滾。時上時下，卻帶不走我們陷入沙灘的腳印。

踩在微燙的沙上，烈日已滲透過布製的小帽，腥而鹹的海風在帽沿上打轉，親吻著我們乾澀的臉龐。

潮水已退離了那片排列整齊、鏽而將腐的「軌條砦」，白色的蚵殼、褐色的苔鮮，滿佈在方形牢固的基座上，這也是國共對峙五十年，浯鄉此時無戰事而留下的紀念物。

經驗豐富的堂弟，放下揹著的麻袋，熟稔地解開結，取出凌亂蓬鬆的尼龍網，雖然它已陳舊，尾部亦破損；然而，主人並無意更新或修補。一旦撒下，魚兒是否會獨鍾這張老舊的破網，還是乘機從破損處游走，抑或是這張破舊的老網，想網的是那湛藍清澈的海水，以及已逝的人生歲月？

他把網夾在腋下，極其小心地一步步，往海的更深處倒退。海水已淹沒他的腳跟、小腿肚、大腿、腰際、胸前，而後停留在肩上。腋下的網像輕拍著的韻律，一尺尺地沉沒在水底。粗壯的主繩，紮著褐色的浮標，在水面上微微地晃動。盪漾的水波、冰涼的海水，在我們撒網圍成半圓時，已有魚兒躍出水面，越過浮標快速地游離，是否這張老舊的網起不了作用，網不住這大海裡微小的生命。

迎面的微風，浪拍礁岩的巨響。我們同時跨出馬步，他緊拉住網頭的繩索，我拖著網尾的麻繩、雙手承受的不是魚獲量的沈重，而是墜沙的破網，以及一顆急速想見到魚兒的心。任憑是一尾毫不起眼、令人厭惡的魨魚也甘心。

相繼地，又從網端躍出好幾尾瘦長銀白、不知名的魚兒。我們俯身，凝視著水面，雙手交替使力，每一次只能拉回二、三尺，網的沈重，拖拉時的不易，如我們肩負的生活重擔。然而，捕獲魚兒的喜悅，已在我們臉上綻放，連續丟回沙灘的是三尾烏魚，它們仍舊不死心地掙扎躍動，想重回大海的希望已渺茫。此時的人類，腦裡想的已不是慈悲地把它放生，而是它肉鮮味美的身軀。是油煎，是燉湯。可憐的魚兒，那是人們自由的選擇，如此的深仇大恨，諒來生來世，成精成妖，妳又能怎樣？

我們把它放在藍色的小塑膠桶裡，它已沒有躍動掙扎的力氣。桶裡微溫的海水，加速了它白肚的翻起，晶瑩的雙眼，光澤的鱗片，任你把它放回大海裡，仍然挽不回它微弱的生命。或許迎接它的將是咧嘴的大魚，弱肉強食也是我們人生不變的定律。而人類並沒有它們張嘴時來得光明磊落，而是明爭暗鬥、欺善怕惡。自以為是上帝的幻化、孔夫子的得意門生，滿口仁義道德、有超人的才華、出眾的人品；而實際上，早已破產的人格竟不自知，還以為是深受眾人愛戴、萬人拱抬的社會人士，怎能與這大海裡遨遊的魚類相媲美。

理好網，我們經過「潭內」，昔日那塊春天佈滿綠苔、冬天長著紫菜的巨石，早已在戰地政務時期，准許開採而被炸得面目全非。附近的海域，滿是石塊碎片，如果冒然下網，繩索定被巨石纏住。稍用力，不是繩斷就是網破，更別冀求魚兒能上網。昔日自然幽雅的景緻已不復見，留下的是一幅不完美、令人失望的殘景。內心悲傷感嘆的，何止是碧山村民，仰頭杳杳天、俯首茫茫海，同為這幅殘景滴下無奈的淚水。

經過「后頭西」，走在高低起伏、巨巖重疊、長著褐色苔蘚、貼近水面的石坡上，我們極其小心，穩移腳步，將在臨近后扁海域再下網。它遙對著一塊叫「路臍」的大礁石，左右巨巖堆疊，形成一個獨立的小海灘。這兒沙白水又清，景緻怡人，果若捕不到魚，雙腳踩在冰涼柔軟的淺水裡，也倍感舒暢、難以忘懷。在這烈日當空，掬起一把海水，往臉上一灑，唇上雖是鹹鹹的，內心卻是涼涼的，人世間還有什麼能與這浩瀚自然的大海相爭豔。

掠過藍空的是海雁，它斜身低飛，快速地在海面上啄食又飛起，我們看不清它嘴裡銜著那種生物，管它是魚是蝦，抑或是隨波逐流的水草。這無際深邃的海洋，一陣微風、一波浪花、一聲濤響，遠比滿載魚蝦還讓我們雀躍歡欣。

果真，第二次牽上的竟是幾隻叫「山就伯」的蟹類，它緊緊地、以尖銳的螯腳夾住網兒不放，伸手捉它，隨即張開另一隻利螯來夾你。我們佩服它靈活地反抗，冷血動物亦有護衛著自身的本能。萬物之靈的人類，更是滿腔熱血地高唱：打倒俄寇、殺漢奸。海灘上斜插著的軌條砦，並非是武力的抗衡，而是思想的對峙。已逝的歲月已讓敵對減溫，彼此都沒有忘記同是炎黃子孫，同是血肉相連的苦難同胞。

攤開網，朝著山就伯猛踹，當它的體內噴出彷若泥漿的穢物，濺在我們的衣臉時，一股無名的腥味，是這海洋的特色；如果有不適的反胃感，不妨就嘔個痛快。然而，自幼在這片海域與山頭成長，雖已隨著潮水的退漲而蒼老，然而，卻始終無懼這海洋生態的腥鹹，以及山頭絆腳的籐籮荊棘、人生歲月的坎坷路途。

抖落網上的蟹殼雜物，初秋的炎陽依然高懸天際，對面烏黑的礁石，必須等到「大流」才能涉水而過。此刻我們也沒有膽量涉著肩深的潮水下網牽魚。而潮水已慢慢地上漲，石縫裡滿溢著白色的泡沫。水花也在左邊的巖石濺起，隆隆作響的濤聲，帶走了永不回頭的燦爛時光。望望桶裡翻起白肚橫躺的魚兒，微弱的生命就此斷送在人類手裡。有朝一日，人類是否也會遭此噩運？只是我們尚不知、命運掌握在誰的手中？

海水已淹沒右邊那塊橢圓的礁石。退潮時的清澈，漲潮時的混濁，我們已不能佇立凝望，快速地把網收進麻袋，揹在肩上，往尚未被海水浸濕的高處漫行，以免被滑倒。整個午後，雖然只網到幾尾小烏魚，然而海的浩瀚，漲潮時的澎湃，退潮時的祥和，沁涼的海水，自然的微風，在庸俗的城鎮裡豈能尋到。尤以這功利社會掛帥的今天，人們冀求的是官能的享受，早已與山海絕緣，更不會頂著烈日，在這片深埋著兒時記憶的海域牽網。

重新走回潭內，站在那堆沒有美感的亂石上，太陽已偏西，潮水已漲到軌條砦即將鏽蝕的頂端，露出一節整齊尖銳的黑色鐵軌。軌上寄生的蚵類，在烈日的映照下，反射出一絲微弱的光芒。連續幾天，都是時序的大流，明日將是秋高氣爽的好天氣，我們將再次揹起心靈中那張美麗的小網，走回這片碧海藍天相連的海域，撒網牽上我們失去的童年歲月，以及深埋的兒時記憶……。

一九九七年九月作品

友情不是無情物

朋友，連續好幾天，北風日夜呼嘯，微黃的枯葉落了滿地，在那片已禿了的草坪上，狂飆飛舞。

依時序的運轉，此時只不過是中秋過後的秋分，不管是寒露早臨，抑或是雪霜早降；田埂上，迎風招展的是白茫茫的菅芒花，雖然有少許綠葉陪襯，畢竟敵不過殘酷的寒冬。當然，嚴冬過後，終將為我們帶來生命中燦爛耀眼的春天。

恭禧你榮獲「師鐸獎」，這份得來不易的獎項，如果沒有你多年辛勤地耕耘，無怨無悔地犧牲奉獻，焉能通過嚴苛的評審，獲得最後的肯定。你的「豐功偉績」媒體已作了詳細的報導，此刻若再重複，勢將失去意義，只想分享你這份榮耀，以及獻上乙份誠摯的祝福。

三十年淡淡如水的君子之交，沒有繁花點綴，也沒有包袱要我們背負；心存的是友誼的馨香，以及彼此對文學的熱衷、寫作的狂熱。誠然在那塊園地裡，我們曾休耕，曾畫下了心中無奈的休止符。而你隨即展現另一頁新史，彙編出浯鄉的古代農具，擺在眼前的，全是童時的記憶。我們犁過田，擔過粗，撖過番薯股；三齒、鋤頭、粗桶、簸箕是我們童年的牽手和伴侶。然而纏身的俗事，讓我們沒有餘暇來緬懷過去，在內心裡激盪的，也只是一份濃濃的鄉土情、純樸的蕃薯心。

歲月已掠過我們烏黑的髮絲，染成了雪霜的鬢邊。那年冬天，我和心銘受邀參加你孿生弟弟的婚禮，你冒著刺骨寒風，霏霏細雨，在古老的沙美街頭等候。我們愉悅地拉著手，經過萬安堂，走出西溪仔口，沿路瀏覽那片寬廣的田野，牧放在田埂上的牛羊；欣賞了田墩的古厝、浯坑的東番仔樓，而南邊那條黃土路，正是通往盛產蚵與鹽的西園村。我們佇立在那條窄小的土堤，遙對著金龜山，而山頂上的紅赤土，深埋在土裡的果是黃橙橙的金礦，還是晶瑩剔透的玻璃砂？那時我們都缺少了對它的認知，高估了紅赤土上那幾株零落的山林，而品不出泥土裡的芳香。

臨村的風獅爺，村前那片橄欖綠的帆布覆蓋著亮晶晶的食鹽，古老的屋宇，福州師傅精雕的門窗，我們還親眼目睹了舖著瓦片、水波盪漾的鹽田。冬天雖非曬鹽的季節，但仍有少許的鹽工，捲起褲管，在窄小的堤上走動，未成熟的思想，讓我們品不出這幅迷人的景緻；而此時在我們記憶中顯現的，是否昔日那份情景，是否能品出更高的意境，還是隨著鹽田的沒落荒廢而失色。

那晚喜宴過後，窗外依然斜風細雨，你燃起右廂房桌上的土油燈仔，細小的燈芯，照亮了雨夜裡的漆黑，我們擠在那張古老的眠床，睡意已被興奮的心情驅離，從心銘發表在《金門月刊》的新詩〈雨季〉，從你刊在《新文藝月刊》的散文〈溪流的懷念〉，以及我發表在《青年戰士報》「新文藝副刊」的小說〈雨天，我想起南方來的那姑娘〉，彼此談論創作的動機，欲表達的意象，而後在笑聲裡，串連了「詩聖」、「散仙」、「說客」，也代表著我們向詩、散文、小說努力、奮發、挺進之雄心壯志。純潔的心靈，未曾受污染的思想，卻無懼於被現實批評漫罵；那份對文學的狂熱，或許遠勝過桌上土油燈仔，散發著光與熱的燈芯。突然間，心銘冒出一句警世之語

——愛花的男人才懂得愛女人。

我們的心彷若一張未曾著色的白紙，難以理解他語中的含意，所謂花是草木之花，還是花心蘿蔔的花，讓我們一臉茫然、滿頭霧水。而他是否愛花呢？還是真懂得愛人？他不僅僅，也同時在他那百花點綴的青春歲月裡，留下一頁令人驚嘆、無法忘懷的詩章。

桌上土油燈仔的光亮已逐漸地轉弱，是否土油將盡，還是燈芯已燼。另一頭的廂房裡，新娘新郎的好夢正酣，埋怨良夜苦短已是必然，而我們是否嫌這夜過長？朦朧中被窗外的一絲微光驚醒，屋外雨已歇，走在石礫瓦片鋪壓而成的「巷仔溝」，門口埕覓食的雞

鴨，村婦正在竹籬裡的菜宅仔拔草除蟲，老農已牽牛荷鋤準備下田，古樸的農村晨景，年少時內心感應不出它的美貌，笨拙的筆也難以表達描述它的華麗，盈滿著依依不捨的離情，揮別這個純樸的農村和鹽莊。

繼而地我們常在新市里，你二哥搭建的瓦房相見。房裡擺滿著孵豆芽的大缸小罈，缸上蓋著笨重的麻袋，一口湧出清泉的古井，就在床頭，潮溼、陰暗、又有霉味的室內，你為了求取霎時的寧靜，以及運用牆上那盞燈光，躲在蚊帳裡，也躲開那嗡嗡作響、一螫即紅腫的大斑蚊；俯在床上，一字一句，寫出青春歲月裡最美麗的篇章。雖然自認不能寫出像司馬中原那種氣勢磅礴，有草原有沙漠、有寒風有大雪、有刀有槍、有血有淚的作品，而此時，面對的是舒適的桌椅，柔和的燈光，華麗的書房，心中腦海，卻被世俗所佔有，是否能寫出像三十年前那些可愛的作品，儘管它不成熟；然而，在自認成熟的此刻，又能在我們生命的扉頁裡，記下些什麼？是光輝燦爛的歷史，還是一片空白。在這片寬廣的園地裡，也毋須刻意地冀望旁人的認同，望高空、吹氣球、撕掉稿紙扔掉筆，那有我們來得愜意。

已逝的三十個春夏和秋冬，感謝歲月讓我們成長，成長換取而來的是雪霜的鬢邊，川字橫寫的額頭，以及那一片苦澀蒼老的心田。而我們無怨無悔，兩次的祖國之旅，你暫時地放下古文物的探尋，重拾闊別三十年的文學之筆，一系列的「馳騁夢土」相繼出爐，我們也清楚，遊記不僅是景物的描述，亦是親身的體驗，更是內心真摯的感受，並非像流水帳似地，記下某年某月的某一天，阿公到過天津和大連。從你〈掬起一把黃河土〉到〈黃山歸來〉，你心存的、所寫的，已超越了觀光遊記，而是一份強烈的祖國情懷以及一篇篇幽美的散文。雖然我無緣到黃山、遊黃河，但從你的作品中，讓我感同身受，願我夢中也能掬起一把黃河土，俯身飲下一口黃河水。

朋友，歲月悠悠，當你邁向生命中的第五十個春天時，今年的春花開得更燦爛、更芬芳，除了重拾文學之筆，又榮獲教育界至高無上的榮譽——師鐸獎，在獻上誠摯祝賀的同時，也同時記下我們平淡歲月裡的淡淡情誼。誠然，人生並沒有幾個三十年，往後亦無所冀求，而你心中仍是繁花一片、翠綠盎然；天國之梯，老哥哥將先行攀登，無論來生來世，我們終將以赤誠之心，默守著這份——沒有花香、酒香、魚肉香的淡淡友情……。

一九九七年十月作品

慈母光輝

八十高齡的母親，今年榮獲金沙鎮公所選出的「模範母親」。從媒體的報導中，那是因為沾了我那位「從軍報國」、官拜憲兵中校科長的弟弟的光。因為，老人家是無黨無派的老阿祖，不必忠黨，愛國是必然的，思想絕對純正。

她與其他村里選出的模範母親併肩坐在椅上，慈祥的容顏，端莊的姿態，雙手棒著獎牌讓記者先生拍下永恆的榮耀。然而，受完獎，她並沒有把這份象徵著榮譽的獎牌懸掛在大廳向鄰人炫耀，而是掛在廳後木製窗框下的一根鐵釘上，另一邊則掛著一面是桃、一面是龜、側面是銅錢與魚的木製「粿印」，左下方排列的五個大缸，已沒有蕃脯糊、蕃薯簽、土豆可儲存。

自從父親逝世後，山上那幾畝旱田早已是雜草叢生，變成了荒埔。母親也不願赴臺依靠我經商、習醫、從軍有成的兄弟，更不願到新市里，與我生活在窄小的空間裡。她獨守老家樸實的古厝，自行料理日常生活起居，在門口埕的古井旁，種了一小坵四季蔬菜；在破舊的牛欄裡，養了雞鴨；又用廢棄的木條竹竿，搭了一個小棚子，好讓瓜藤往上爬。每當瓜類的綠葉爬滿了棚頂，黃色的花蕊過後是一枚小小的果實，從棚頂的空隙處墜下，為了防止蚊蟲的咬螫，母親會用膠袋小心地把它裹住，收成的蔬果，總與左鄰右舍同享，適時的活動筋骨，不求物質的享受，保持心身的歡愉。老人家身體硬朗，精神愉快，一些等待茶來伸手、飯來開口、冀望著子女奉侍的老年人，實在難以與她相媲美。

在古樸的農村，不管新舊年代，母親在村裡扮演的已是一個不能缺少的角色。在已逝的苦澀歲月，醫藥的落後，生活水準的低落，經常地在夜半三更，被急促的敲門聲驚醒，她擔負的是有勞無酬，只許成功，不能失敗的助產婆；雖然衛生設備不足，用的又是傳統接生的古老方法，卻從未出過任何的差錯。當她拖著疲憊的身軀，踏上漆黑的路途回家，臉上依然掛著繁星燦爛般的笑靨。果若生男，十二日娘家來做月子、滿月的「煮油飯」、週歲的做「紅龜粿」，不管農忙家務忙，別人優先，沒有自我。適婚男女的喜事，從訂婚時的「芋子芋孫」、「韭菜頭」、「犁頭銼」；結婚時的五分金子「答」幾兩肉、殺豬羊敬天公的附屬「五牲」、「菜碗」，母親進進出出，儼若總管、更像嫁娶的是自己的兒女。這雖然是些小本事，但也非與生俱來，必須接受老一輩的指點，自己細心地揣摩，加上個人的智慧和學習，事到臨頭，才不致於手忙腳亂。

在教育不普及的舊日時光裡，婦女的文盲比率相當高。然而，外祖父是地區德高望重的地理師，外祖母早逝，只有母親這位獨生女。他精通擇日、靈符、風水，桌上擺的是通書、筆、墨、硯臺和色紙，每有鄉親來相求，總會送個三、五元的小紅包，給他老人家「食茶」。母親雖然沒上過學堂，卻在外祖父身邊耳濡目染，認識了不少字，日常的書信，報章雜誌，除了一些較艱澀、不常見的語辭外，一般文字是難不倒她的。

當然，幾十年沒握過筆，不能像拿鍋鏟炒菜時那麼靈活，婦人家也不能隨著外祖父學起畫靈符、看風水，然而她卻學會了「判時」，鄉村寬廣的活動空間，鄉下的孩子也較好動，依目前的醫療知識是流了汗，著了涼，發燒、感冒，造成身體的不適；而那時則認為是踩到「冊仔」（不乾淨的地方），當鄰人有求於母親，她會伸出手指，在指上換算，口中唸著：子、丑、寅、卯、辰、己、午、未，當有了結果，會告訴對方是在那一個方向踩到冊仔，必須依當事人的生肖，準備「代替」乙雙、壽金一百、香三條，在身上「交」七下，備「順盒」（糖果或餅乾），走十六步，就地拜拜，焚燒金紙。誠然，在科學昌盛與醫藥發達的今天，誰會相信這一套；但在那時，卻有不藥而癒的奇蹟。這並非是求神問卜，或不求實際的迷信；而是精神上的慰藉，尤其是在那個完全沒有醫療設備的時代裡，更需要一些傳統的民間療法；就彷若我們現代人，在事業官場失意時，找個懂得命理的假半仙，為自己改改運、卜卜卦。明知起不了作用，卻也心甘情願。

母親在我讀小學時，生了一場大病，嘔出許多鮮血，在十分危急的時候，父親要我趕緊到沙美稟告外祖父，萬一有了三長兩短，會讓老人家怪罪終生。我眼眶盈滿著淚水，除了擔心母親的病況，走那麼遠的路，更讓幼小的心靈心生懼怕，沿途必須經過東珩村後那片陰暗的樹林，以及西吳村郊那個破損而棺木外露的墳墓，跑跑停停，停停跑跑，淚水與汗水濕透了母親用麵粉袋為我縫製的衣裳。臨近東蕭，看到豎立在草埔上的石柱，已知是一半的路程。流多了淚水、汗水、鼻水，喉嚨已有了乾燥沙啞感，萬一讓外祖父見不到母親，怎麼辦？我必須加快腳步，而當佇立在老人家面前時，更是哽咽地出不了聲，也讓重聽的外祖父不知所措，焦慮萬分，當他聽清了我的來由，眼眶已紅，他默不作聲地拄著枴杖，牽著我的手，走在金色的秋陽下，走在荊棘滿佈、蜿蜒崎嶇的山路上；而老人家的到來，是否能減輕母親的病痛，或是讓她即速痊癒。我始終無從理解，只深感他們父女眼神相互交會時，所衍生出來的火花，是一道無所取代的光芒。一向自認為堅強的母親，淚水已濕了頭下的花枕。所幸，善良、熱忱、為善不欲人知，終能感動蒼天，把纏身的病魔驅離。苦痛的晨昏過後，美好的時光已臨，雖然過的仍舊是貧困的農村歲月，但母親臉上始終綻放著幸福的笑容。

父親在走完人生的七十四個春天時，離我們而去。那時母親已七十高齡，她沒有一般婦人喪偶時的嚎啕大哭，在堂嬸的協助下，親手為父親穿上了簇新的壽衣，當棺木抬進大門，要我們兄弟下跪恭迎父親的「大厝」；在大殮時，除了塞滿金銀冥幣，並放進父親在世時，最喜愛的煙和酒，倘若父親地下有知，也會倍感溫馨。

為了家的和諧，給子女留下好榜樣，父母親始終默守著古老的屋宇和旱田。五十餘年的相處、相知、無爭、無吵，雖然不能讓子女接受完整的學堂教育，但忠厚勤儉、詩禮傳家的家訓，讓後輩受用無窮。母親雖年屆八十，仍然本持初衷，村裡的婚喪喜慶，依舊熱心參與，雖然已較以往簡化，然傳統的習俗，不得不遵守；儘管我們身處在一個開放的社會，高水準的生活，高一等的物質享受，但如沒有一顆熱忱的心，高尚的品德和操守，敦親睦鄰，教育子女，寬大包容的胸懷，只憑藉忠黨愛國、思想純正，而得來的某些模範，必也失去它的意義。

誠然，普天下沒有不是模範的母親。至少在子女的眼中是如此的。然我母親的為人處事，熱心鄉里，相信碧山村的鄉親父老，只有肯定，沒有否定；身為她的子女，也分享了這份榮耀。獎牌上清晰地寫著：「品德賢淑、懿行可佩」雖然是簡短的八個字，卻是母親的象徵，願母親慈愛的光輝，是一道耀眼幸福的光芒，照亮失去母愛的任何一方……。

一九九七年十月作品

太湖深秋

重臨盈滿秋水的太湖，是在時序霜降的一個晌午，踏上石階，面對的是一尊英姿煥發的偉人塑像，內心自然地衍生一份虔誠的敬意，儘管他的功過，史學家有不同的認定，然而從小到大，聽多了萬歲、萬歲、萬萬歲，看多了古厝牆上句句令人心悸的標語。四十年的敵對纏鬥，最大的輸家首推淌著血、流著淚的同胞，以及那片變色的山河。誠然，歷經歲月時光的映照，山巒已萌起嫩綠的新芽，河水也由混濁轉為清澈，人們心存的已不再是敵對、仇視；只有那些滿口仁義道德的大人們，自行設防束縛，近在咫尺的路途，讓我們如浮雲遊子般地遨遊蒼穹。

圍籬下是一行墨綠的龍柏，飛揚的塵土，已把它的針葉染成米黃，祈望中的秋雨，卻始終無緣降臨在這片乾旱的草地，洗滌塵封已久的田野、林木。松樹蔭下的那株矮小的龍柏，是誰無心或有意，把它美麗的容顏、茂盛的綠葉、橫生的枝節，燒成焦黑一片；是否只有如此，才能與這秋的季節相搭配，僅留尾端那幾片即將枯黃、捲曲、變形的葉脈，能重燃生機、延續生命，仰靠的是季節的變遷、春風的輕拂、春雨的滋潤，始能重新萌起新芽。在這片怡人的湖沼邊緣成長茁壯。我們無意深一層地探尋它生存的價值，如果地上的灰燼能化成一堆沃土，綠化這片被摧殘過的林木草地，該有多好！

依常理判斷，草地與林木是在湖的堤畔、低窪的濕地，它粗大的主幹與密佈的綠葉，不是煙蒂小火可引燃的；方才假設是人們的無心過失，此刻卻認定是故意引燃。我們都清楚，隨著教育水準的提高，生活的富裕，公德心卻已敗壞；燒焦一棵林木、一片草地，雖然是大地上的損傷，然而，林木的根部卻深植在泥地裡，依然能延續未絕的渺小生命。

人世間，大地上，雖有動物與植物、冷血與熱血、人性與獸性之分，但一旦失去人性，將比野蠻的獸性更可怖；滿腔的熱血，如果追求的不是正義，空有四維八德，與冷血的動物又有何兩樣？誠然，我們蒞臨這湖畔，希冀的是自然的微風、怡人的景緻，盪漾的水波、柔美的草坪、挺拔的林木，對人性的剖析，似乎偏離了所欲描述的意象。

湖中的小島，已退化的記憶，苦苦思索不出是光華島還是同心島？島上的歇腳亭，已被林木雜草所圍繞，從南岸凝望，只露出紅綠相間的鳳簷麟角，以及隨風搖曳的林木。我們依稀記得，在湖剛竣工的初期，備有幾艘小舟供遊客乘划，伸手也可拍打著清澈的湖水，濺起小小的水花，讓遊人領受湖中的浪漫和柔美。而今，隨著工商業的發達，湖的源頭是山外溪，溪水已失去原有的清澈，漂流入湖的是混濁惡臭的水質和污泥淤沙，讓它失去原有的光輝，任滿岸的春花、滿湖的夏荷、堤上的秋楓，也不能襯托出已失的美感。只有那秋陽映照下的湖水，微動的漣漪，貼近水面的柳葉，寄生的水草，才能把我們鬱悶的心緒，提昇到一個忘我的意境。雖然，我們不是美學家，賞析的角度和心情亦有所不同，但對美的詮釋和認定，卻是與生俱來，諒世間的人們也將與我們同好，追求生命中永恆的美，不是醜陋；追求人生中唯一的真，不是虛偽。

湖的右堤，茂密的木麻黃旁是一塊小沙洲，人們並沒有刻意地把它剷除，讓它默默地、毫不起眼地護衛著巨石堆疊的基座；而那些毋須播種自行生長的菅芒，卻在這深秋的季節裡，輕飄著白茫茫的小花朵，花上微小的黑點，可是綿延生命的種籽，它能飄多遠？何處是它寄生的土地，何日能萌起生命中的新芽，展現在這片自然的原野，與花草林木齊唱，與蟲聲蛙聲共鳴。然而，它的母體已不再青翠，尾隨著花開而微黃，是時序的變換，抑是季節的摧殘？當冬盡春來，新芽萌起，將繁衍成青蒼翠綠的一片片，而非零落的一欉欉。

臨近水域，是一片青青的「苦螺根」，那是生命力最頑強的草本植物，農田裡、溝渠旁、田埂上，它的綠葉雖是老牛所愛，而分叉的根部卻延伸得很深很廣，緊纏著田裡的作物，若不即速地拔除，作物必定枯萎而死。湖畔上的苦螺根如讓它繼續與湖爭地，美麗的湖泊終將縮短它的壽命而失去光彩。誠然，它那微黃的枯葉，是這深秋裡的嬌娘，遠望是金色一片，近看猶如金針花開，在這深秋蕭瑟的季節，我們也毋須過分苛求，也不冀望它能帶給我們什麼，僅憑這溫煦的秋陽，輕飄的落葉，無從選擇地踩著它的腳步走。沿途是與秋爭豔的扶桑花，常年翠綠的木麻黃，盪漾的湖中秋水。雖然歲月催人老，但在這金色的秋陽下，彷彿蒼老是湖中的深秋，而不是自己；彷彿是深秋裡的枯枝落葉，而不是自己的心田。年輕時虛幻的春花秋月已不在此時的夢境中出現，這是象徵著成長，還是已走在人生的黃昏暮色中。

湖的東邊，是石塊砌成的斜堤，幾根水草隨風漂動浮游，它枯黃的身軀已沒有生命的痕跡，任由歲月的腐蝕，水波的逐流，而何時才能沉沒在水底，已不是這深秋的時序可定奪。它必須再忍受殘酷的寒冬、無名的酸素，倘若能被風浪吹上岸，也將成為鳥類的窩巢。

抬頭仰望，是遠方巨巖重疊的山頭。山巒裡的林木、籐籮，青蒼翠綠依然。幾隻野雁，掠過蔚藍的天際，幾朵白雲，遊過另一個山頭，這湖沼裡的秋日美景，不該由我孤獨的老人獨享，而又有誰願意忍受寂寞的煎熬，陪我在秋陽下沈思、獨語。

重新躑躅在環湖的堤畔上，秋陽已褪祛金色的彩衣，無力的雙腳，阻住我快步急行，似乎有意讓我更深一層地賞析這深秋裡的黃昏景緻。

木麻黃上是一片片雲彩，偉人的塑像也抛在我腦後很遠很遠。路旁的枯枝雜草，堅硬的水泥路面，待何時秋月方能映照我孤獨的身影。微藍的湖水，倘若是我心中的冷泉，血液將凝固成冰山，棺木裡的屍體也將僵硬，我將幻化成一位自由的思想者，思索出人生的茫然和空洞。

過了拱橋，迎我的是幾株隨風搖曳的棕櫚樹，秋風並沒讓它枯黃，只讓葉脈分叉。秋陽已被暗淡的暮色取代，內心已不能承受這淒愴的夜暮，右手輕撫冰冷的涼亭石柱，環湖的林木雜草已不見，幾聲蟲兒的吱喳，劃破寧靜的秋夜，仰望遠方的蒼穹，不見秋月露面，只有繁星閃爍。閘門那端傳來潺潺的流水聲，卻不見如鏡的水波，小小的浪花。

依時序的轉換，這是深秋與初冬相映的季節。秋夜的寒意，儼若初冬般地湧向心頭，我身處的是無盡頭的最高點，湖水卻在低窪處漫流，然而流走的可曾是無情的光陰，還是燦爛的歲月？當它流向最終點，也是生命泉水枯竭的時刻。我們是否有勇氣重尋生命之泉的源頭，還是不能與不可能的重疊。

皎潔的明月已冉冉地昇起，何時何日能讓生命中的春花再綻放，果真要等待冬過春來？倘若春天已失，春花不在心中含苞待放，我們是否乃願默守著這深秋的月夜，甘心與這方景緻，同生共死……。

一九九七年十一月作品

羅姐

第一次聽到「羅姐」這二個字，是孩子電話中純真的音韻。原來她們口中的羅姐，竟是我喚她「老羅」的那個女子。若依輩份，孩子應該叫聲「羅阿姨」，但她們卻隨著她那些道親道友來稱呼她。

以美的觀點來說，顯然地老羅此生已與中國小姐絕了緣，然若在五十年代，卻是媒婆爭相物色的對象：她生得一副「粗勇」的身材，保證軋車、牛、犁、耙、粗桶、鋤頭、簸箕樣樣行；而幸運地，她卻生長在一個幸福的年代裡，在父母的呵護下成長、在政府的德政下受教育。在自由戀愛的熱浪下，更選擇了心靈中唯一的伴侶，及永恆不渝的愛情。

認識老羅，是在她們夫妻接手聯合報系「金湖辦事處」時，為了爭取零售報的據點與長期訂戶，她們使出渾身解數，運用父母賜予的智慧，讓金門的派報業風雲密佈，烏天暗地，除了打破獨家壟斷的陋規，更引進了當時標榜「無黨無派、獨立經營」的自立晚報。在戒嚴時期，她們並不懼怕遭受安管單位調查盤問；然而，報紙卻經常遭受扣留，日報變晚報，晚報變隔日報，心中除了無名的氣憤外，夫妻倆總會來找她們心目中的「伯伯」訴訴苦，而我除了給予開導與安慰外，無奈就彷若我橫豎的皺紋，在老舊的臉龐深刻著。

好長的一段時間，她們夫妻主任兼送報生，騎著機車，大街小巷穿梭著，但並沒有把報務拓展開來，光靠那三、五百份的報紙，也不能維生，索性兼營當時極為盛行的素食館，並拜濟公為師，求道修行；不知何時，派報業的朋友們，給他取了一個綽號——叫「兩光」。

兩光雖然是一個不太文雅的稱呼，卻凸顯出他為人的正直，「襯菜」隨和的個性，他並不以為忤，依然笑咪咪地接受著。也因此遮掩了他原有的名姓，老羅也名正言順地成了「兩光某」。原本就大而化之、不善理財的他們，卻秉持著樂善好施的傳統美德，送出去的報紙收不到報費，從不計較；批發出去的素食品收不到錢，也無所謂，反正我家有報，大家看報；鼓勵素食即能健康，又能長壽，久而久之，終將要成為濟公師父的信徒——「食菜拜佛」。

求道、拜佛，雖然不能讓他們財源滾滾，卻能從其中悟出許多真理。老羅的廚藝雖然不算高明，但生米畢竟能煮成熟飯，米粉邊上加點蕃茄醬，味道更美、玉米蛋花湯灑點蔥花，倒也色香味俱全。然而，在施勝於受，與自由付費的情況下，終於貼出了「整修內部、暫停營業」的紅紙條。歷經素食封館的大悟，夫妻倆專心投入報業的拓展，於是，他們想盡辦法，引進了中時報系的中國和工商時報與自稱全國第一大報的中央，以及後續發行的自由、大成，大本營在高雄的大眾、臺時，軍系的青年、臺灣，注音版的國語、兒童日報，肩掛著十五種大小報的「金湖辦事處主任」頭銜，重新建立完整的會計制度；從此，雖然我家有報，卻不再讓人免費看報，眾家朋友都必須付費才能看報。如此歷經幾年的辛勤耕耘，汗水由老羅的腮旁，濕透了兩光的衣裳，由當時單一的聯合報系，到現在涵蓋了國內重要日晚報，總份數已超越三千，正邁向四千前進，十位送報生擎舉著「兩光」和「老羅」的旗幟，為鄉親們傳遞最新的訊息。

在事業有成的同時，兩光想為鄉親服務的熱誠更是熾烈，在他「過氣」的老長官拍胸脯、打包票下，他投入了鎮民代表的選舉：當然也在老長官的指示下，先擺幾桌酒席連絡連絡革命情感，其他的等當選後再說。然而，開票的結果，老長官的「地頭」，得了吐血的七票，如果扣除伯伯投他的一票，實得六票。這寶貴的六票，讓兩光深刻地瞭解社會的現實、人心的險惡、老長官的為人。在老羅貼心的安慰下，不如意的事如過眼雲煙般地消失得無影無蹤。我曾經告訴他，為民服務並非是某些民意代表的專利，只要具備一顆熱忱的心，不具任何身分依然可行。如果虛有其名，為本身的利益而選舉，包山包海、運用特權，不是我們此生所該追求的。在戰地政務時期，我曾經爭取出缺的鄰長寶座，副里長認為我的學歷不足，識字不多，不能為里民服務。我只好為自己加封為第九鄰的「鄰民代表」，為比我更不識字的鄰民寫了許多申請文件和書信、從卡車上抬下隔壁登貴叔笨重的棺木、在一毛二的警員命令和監視下，我兩分鐘內把甬道和騎樓掃得乾乾淨淨；我身為鄰民代表，心甘情願地為鄰民服務，也是左鄰右舍心目中的社會人士，雖然沒有可以耍弄的特權，但比起那些要選票才能見到面的超大民意代表，自覺踏實多囉！

我簡短的陳述，他們夫妻也頗有同感，不再為追求虛偽不實的那些頭銜而沉迷選舉，真心赤誠地為鄉親服務，全心投入對濟公師父的信仰，濟貧救世、扶老攜弱、行善佈施、廣結善緣，為親朋好友釋道解惑。然而，好人不長命，兩光並沒有因此而得到善報，反而因積勞成疾，敵不過纏身的病魔，走向另一個遙遠的極樂世界；外型粗勇、心地善良細密的老羅，並沒有因喪夫之痛而倒下，反而表現得更粗勇、更堅強，扛起生活的重擔，教育未成年的子女，繼承夫志。她始終堅信夫君時刻都陪伴在她身邊，並沒有離她遠去；他的靈魂也因得道而神遊天國，絕不是在地府受苦難。而人是否真能得道神遊天國，真有天堂與地府之分，或許在這險惡的人世間裡，我們尚領悟不出、感應不到有佛的存在，毋寧說我們所積的善、德還不足以讓我們神遊天國。倘若有一天，我們積夠了善與德，誰將引導我們上天堂？這是身為自由思想者，所不能預知和理解的問題。

兩光往生後的週年，老羅也逐漸脫掉素衣素服，穿上時髦的洋裝，擦了口紅，抹了胭紅，剪了時下流行的赫本頭，足登三吋高跟鞋；雖然沒有白嘉莉的手彩，倒也有方璃的端莊婉約。以前的蓬頭散髮、牛仔褲配拖鞋、報社救濟的外套裹著粗勇的身軀，如果不是甜美的聲韻，倒像是五十年代在后浦街頭常見的「猖春」，或者是女扮男裝的「臭婊」。

老羅幾乎每天都要經過新市街頭，從沒忘記要停下她那部好馬七四七，伸頭揮手，叫聲「伯伯」，有時也叫聲「阿公仔」。然而，每看到她妝扮得花枝招展，我會毫不客氣地尖聲嚷著：

「老羅，自從妳尫往生，妳就變款，抹胭脂、穿新衣、戴金戒指，打扮得又妖又嬌，妳尫在天堂看了，也要生氣！」

幾句尖酸刻薄的玩笑話，她非但不生氣，還樂得哈哈大笑，她解釋說：擦口紅是禮貌；不是穿新衣，而是舊衣新穿；無名指上的戒指是在防小人。當然，身處在這個不完美的社會，小人處處有之。她說在兩光逝世不久，就有人打電話騷擾，更有在離島自認為是帥哥劉德華的鄉親登門求親；這些可恥的小人，以為寡婦好欺，實際上他們看錯了老羅，她身懷「八卦三合功」、「南拳北腿」、「跆拳三段」、「空手道四段」，只是深藏不露，並非好欺。誠然她有十八般武藝，卻堅持真人不露相，今天公告讀者週知，並非她所願，內心裡或許暗罵：

「夭壽伯伯，臭彈！」

當然，我也深知，六法全書裡並沒有專治「臭彈」的條款，然害人之心不可有、防人之心不可無，人與人的相處應當相互尊重，別忘了今日你欺人，明日終將被人欺；在人世間所作所為，老天一目瞭然，由不得你隱藏瞞騙。

老羅此生最大的心願是憑著自己的能力，修建佛堂，以她對道務的熱誠，道義的精通，相信不久就能實現。尤其她那些道親道友更儼如兄姊般地相互扶持，羅姐、牛兄、羊兄、馬姐，親切悅耳的稱呼，處處可聽。然而，人們對宗教的信仰，並沒有銘刻在臉龐，管它原先信仰的是基督、天主、佛祖、天公，生人、熟友，老羅總會誠懇地相邀，一起去求道，從道中重新肯定生命的價值、生存的意義。誠然，我們並不能接受與理解它能為我們短暫的人生歲月求得什麼？至少，我們必須肯定那份虔誠的心，為社會的祥和而求道，為喚醒逐漸泯滅的人性而膜拜，並非為自己成仙而祈求。語雖如此，但我始終信守的是自由思想，我心中有佛、有天主、也有耶穌，口中能默唸阿彌陀佛、也能把阿門朗朗上口，不管老羅用任何尖銳的語辭來激勵我，是否真能得道上天堂，自由信仰已在我心中根深蒂固，她想引領我入道門，那是在遙不可及的深邃處。

孩子口中的羅姐，雖然只是人世間一個渺小的角色，現實社會中的平凡人物。當她失去生命中最珍貴的夫君，如同在人生歲月裡失去春天，可是她並沒有掉進悲傷痛苦的深淵，而是重新規畫未來，找回生命中永恆的春天；投身在報業與佛道的世界裡，祈求佛光普照眾生，帶給我們真善美的人生歲月，預祝她在濟公師父的庇蔭下，能飛舞在這片燦爛的大地，雖不能成仙，亦不能成佛，但願她是寒夜裡、燭光下獨自撲閃的秀蛾……

一九九七年十一月作品

陪君走過木棉道

我始終不明白，時序的小寒，為什麼會有春霧的瀰漫；也讓我不相信，在你時值英年，為什麼忍心拋下高堂、別妻離子，獨自西歸。人生的際遇或許有所不同，壽命的長短也因人而異，但你堅強的意志、頑強蓬勃的生命力，為什麼那麼輕易地被病魔吞噬？當友人輾轉告知這則噩耗，仰頭是杳杳天，遠處是茫茫海，老哥哥淌下的是一串串悲淒哀傷的淚水。倘若蒼天有眼，秋天不再讓我們傷感，那白茫茫的霧氛，明明是春天的景象，為何竟讓黃菊花、白玫瑰，替代春花的嫣紅。君不見百花爭豔的季節就在眼前，生命中的春天，理應更燦爛，為何偏偏被那茫茫的霧氛所籠罩、不見春陽的嬌豔。我們不懂，什麼是輪迴？只知道人世間有生亦有死，身處的也並非是田徑的競技場，為什麼要往終點衝，讓不該在此時出現的早春，引導你西歸。

我們相識在一九六八年的文藝營，彼此對文學的熱衷和喜愛，但彷若曇花般地一現，只有那短暫的時光。隨著歲月的成長，也逐漸遠離這塊曾經參與耕耘的園地，而後竟休耕了。雖然同住新市里，彼此的作息不一，難以尋機長談，只是默默地相互關懷著，有時匆匆地交會，也是無言地點點頭、笑一笑，但也點出我們內心的誠摯，和不變的友誼。

前年夏天，我嘗試重拾已鏽的文學之筆，並把卅年前的舊作再版，我並沒有遺忘要把這份慚愧的紀念品送予你；眼前的三本書也是一些不成熟的作品。但，從事筆耕的朋友都清楚，罵人的那一套人人會，創作的這一行並非人人懂，這也是我們最感安慰的地方。而當《失去的春天》出版時，你已被病魔所困，我實在提不起勇氣，把這本含有濃厚悲情色彩的書送給你：書中的顏琪，已永存在我心底；黃華娟則活在我深深的記憶裡，雖然老哥哥的春天已失去，但冀望你有一個光輝燦爛的春天，不忍心在你休養的期間裡，再感染到那份淒涼的況味。然而，這本書雖不能讓你帶往天國，但我將轉交給陪你走過近二十年青春歲月的李麗娟老師，請她留下一個永恆的紀念。

家祭與公祭儀式相繼地舉行，靈堂雙旁是各界致贈的花藍，黃色的菊花、白色的玫瑰，含苞的是百合；你的同事、你的學生，別著黑紗，神情凝重地站立在右邊的沙地上，他們將以虔誠之心，向你行最後的三個鞠躬禮。洪明標老師以深厚的國學根基、文學功力、如兄如弟的情誼，為你撰寫令人淒然淚下的祭悼文；而當黃奕展老師，紅著眼眶，以感性的語辭、哽咽地為你宣讀時，全場一片肅穆，圍牆旁、古榕上的鳥雀不再吱喳，天上微飄著茫茫的霧氛，我們的心都冰凝在這早臨的春分裡。

——悠悠人世，時聚時散，猶如浮雲，鍾情如我輩者，豈能渾然相忘。自今以後，一在天之涯、一在地之角，然先生之言語笑談，音容舉止，必永記吾等心中……。

聆聽至此，我的淚水已不能不奪眶而出；然而，它卻沒有滴落在衣襟上，而是回流到我心深處。

啟靈的古樂響起，靈車緩緩地走動，身披著麻衣為你擎舉「幡仔」的是一顆童稚之心、俊逸的臉，在他最需要你的時候，你卻不願再回頭。幼小的心靈，頓失依靠，所有的重擔，將由他們的母親獨自扛挑。朋友，此情此景，老哥哥已難以承受；當我的淚光不再閃爍，往肚裡吞的淚水是我們此生不渝的友情。

身著黑色衣褲腰繫黑色圍裙的夫人，我們能理解，她的悲傷不僅寫在臉龐，也銘刻在心上。當靈車駛離林森路，已哀慟得不能自己，雙腳軟弱無力地跪在地上，足登的「萬里鞋」，再也行不得萬里路，而又有誰能來扶持她，讓她走完孤單的人生旅程。

依浯鄉的習俗，你的靈車不能環繞新市里的每一街道，只能順著黃海路悄悄地前行。湖中的鼓號樂隊已上了車，孩子們不是送老師遠行，而是要迎回你的靈位。誠然，老師的音容能常存在他們心中，遺憾是不能再聆聽老師在課堂上諄諄的教誨。吾愛吾師，師恩更難忘。倘若有一天，他們立足在這個現實而多變的社會上，更會想起，沒有當初老師，就沒有今天的我！

靈車已駛過黃海路與復興路的交叉口，依禮俗孝男下跪，叩謝送殯的親友們。然而，天國之路程迢遙，雙旁木棉綠葉亦已枯黃，新市里離你愈來愈遠；老哥哥已陪你走過木棉道，人間雖難再相見，天堂總有會面時。朋友，請好走，當你抵達西方的極樂世界，勿忘向我招招手……

一九九八年三月作品

何日再見西湖水

二十餘年未曾重臨島外島，今兒懷著一顆沉重的心，陪同友人前來。同來的是女兒同學的父母，也是名作家陳映真先生的弟弟與弟婦。人對自己的決定，有時會感到不可思議，我竟陪同他們搭乘浯江渡輪，航行在僅一水之隔的金烈海域……。最後一次蒞臨島外島，是陪著將軍來視察業務。那時，我們搭乘的是「武昌一號」專船。將軍扣著墨綠色的眼鏡，坐在藤椅上，右手指夾著煙，左手輕放在扶手上，微動著高翹的二郎腿，想起：少小離家，老大不能回。口中輕哼著：海風捲起了白浪，白雲瀰漫著山旁……，黝黑的臉龐，川字橫寫的額頭，刻劃著幾分落寞。

侍從官腰上的手槍，以及那排顆顆併列、擦拭得雪亮的子彈；當將軍有了危難，二條細小的槓槓，能護衛肩上閃爍的星光？待他拔下手槍，裝上子彈，或許主僕已躺在血泊中了。有時，也讓我們深深地感受到，職務低微的侍從官，彷彿是將軍的分身，高傲、無禮，講話的語氣，儼若主子的口吻；在忍無可忍時，心中會暗罵：「狗仗人勢」。雖然有發洩時的快感，然而，在將軍面前，我們是立正聽訓；他是含笑稍息。實際上，我們也沒有什麼職務上的疏失和把柄落在他手上，每位業務承辦人都有深怕他在將軍面前胡說八道的恐懼，因而，任由他們神里神氣，耀武揚威——陪侍應生看電影；幫她們要晚會入場券、代購免稅福利品，十之八九都是將軍的侍從和駕駛。誰敢保證，他們沒有吮吸過姑娘們鹹澀的奶水；誰敢說他們沒有不必買票，而在姑娘們暗淡含腥的房裡磨蹭磨蹭；而茶室裡的管理員，也只是敢怒不敢言，不但不能惹、也惹不起他們背後那對光芒四射的星星。雖然他們不一定是革命戰友，卻有密不可分的主僕關係，尤其是軍管時期的霸權心態，不想幹隨時走路替代了一切，又有誰敢不立正站好，聆聽他的叱責。膽敢頂撞，照樣送到「明德班」管訓，讓你承受著心靈與肉體雙重的苦難。

船抵九宮碼頭，武裝憲兵佈了好幾層的崗哨，小島上的將軍帶頭領隊，雙旁分立著顆數不一的梅花，臉無表情，不敢怠慢，彷彿是一尊尊無名英雄的雕像，佈滿著古銅的鏽色。

同是將軍，卻是以職務以單位的大小來分辨它的鋒芒。小島的將軍立正站好，五指併攏舉手敬禮，換來的是一句冷冷的「辛苦了」，旁邊的接待車，光亮的引擎蓋映照著將軍高大的身影，深綠色的將軍旗幟迎風飄揚，侍從官右手扶著手槍，快速地弓身鑽進後座，為將軍開啟車門的是上校：雖然只差那麼一階，想從梅花變星星，還得繞行千萬里；想擁有他的職位和鋒芒，更是在遙遠的深邃裡。

簡短的訓示和指示，將軍陪著將軍，業務承辦人員則搬出檔案和帳冊，我們還得實地瞭解各營站、電影院、托運站的營運狀況，以及問題最多、百病叢生、民眾止步的特約茶室，管理員大部分是歷經沙場、南征北討的老幹部，透過層層的老長官覓得這份安定的工作。然而，生活安定，人卻不安分，白嫖、白喝、詐賭，儼若黑社會老大；他們仰仗著高階的老鄉、老長官，往往只把他們調換單位，口頭上警告一番，就算了。因為他們是長官的長官的同鄉的老部下，怎能不照顧，怎能不包容？

在沒有任何預警與通知下，十一點不到，「東林茶室」售票房兼餐廳已端出了一盤炒豆芽、一盤豬血炒豆腐、一盆子青菜湯。每人每天十元的伙食費，竟享受到如此的待遇，與伙食公佈表上有明顯的出入。首先進來用餐的是一位年紀不小的侍應生，她自備了鰻魚罐頭、味全花瓜，瘦弱的身軀、無力的眼神、蒼白的臉色和皺紋像盤裡的豆芽菜。渾身沒有一絲兒美感，但她依然有本錢，在這片陰暗的小天地裡討生活，是否正迎合那些以公發的維生素激發性機能運轉，才免得停在計時器上六點半的士官長們。不錯，他以金錢買來生理上的需要，她以靈肉換取生活上的必需。孩童時，看見打扮妖豔的女子，感官上自然的反映就是「袂見笑的軍樂園查某」；想不到踏入社會，為了謀生，竟經辦起這份業務，時常因業務上的需要，進出侍應生房間訪談。

她瞄了我一眼，口中嚼著米飯，牙咬花瓜的微響、鰻魚罐頭的腥味，令人倒盡胃口。

我支開了管理人員，交談過後的結論是：「夭壽」、「填海」、「無良心」、「死袂出世」；所有惡毒尖銳的咒語全出籠。我知道她咒罵的是吮乾她們血液的管理員。而她們的血小板，已存在著一種隨著歲月而蔓延的毒素，當梅菌轉而寄生在他們體內，深凹的鼻樑、潰爛的身軀，是報應，還是輪迴？我們恥於分析，只感到這是人性中最醜陋的一面；限於時間，不能做更多的探訪盤查，但我們會作妥善的處理，不會讓小弊端衍生為大弊案。雖然管理員哈腰作揖，再三強調副司令官是他小同鄉，副參謀長是他老長官，還有一個是他心靈上永恆的悲痛——梅毒已纏身，就算軍醫組長是他乾爸，也起不了作用。

中午，小島上的將軍在「虎風山莊」以便餐招待。從座次卡上，我們發現，不管與將軍關係多麼親密，年輕、神氣、跋扈、囂張、自以為是將軍分身的侍從官，終究要遵守倫理，無緣與將軍同桌共餐。被安排在主桌，雖然受到尊重，但將軍的半碗飯幾口菜，蒸鍋裡的全雞未曾攪動，只是少了一點湯，一句嚴肅的「慢吃」，嘴裡的飯尚未嚥下，則必須起身恭送，這是官場上莊嚴神聖的食之文化。為了日後能升官，必須委曲一下深凹的肚皮，就慢慢適應和學習吧……。

浯江渡輪已緩緩地靠岸，記憶中的九宮碼頭與此刻是兩個截然不同的影像，水泥砌成的階梯，滿佈褐色的苔蘚，小小的浪花輕輕地拍打著護堤，低空掠過的海鳥、岸上扶疏的草木，我蒼老的心田，仿若港灣裡遨遊的魚蝦，那麼地怡然愜意。

今天陪同來客，重臨闊別廿餘年的島外之島，原想不打擾任何友人，只連絡上兼營小客車的友人之妻，雖然在電話中自我介紹，但彼此是陌生的，心存的也並非想坐霸王車，而是今兒景氣不佳，百業蕭條，同樣需付車資，為什麼不付給勤儉持家、先生娘兼運將的友人之妻，由她來當嚮導，更為恰當。

我們步上滿是泥垢的水泥階梯，海風吹亂我蒼白的髮絲，春風則親吻我多皺的臉龐，踏上候船的平台，一水之隔的大島，此刻正瀰漫著薄薄的霧氛。海上的漁舟，也忙碌地穿梭在這片湛藍的海域裡。然而，這短短的航程，卻遙隔著我廿餘年的日月光華，由當初俊逸的青年，到此時日薄西山的老年，再過幾年，或許是由我的魂魄，像幽浮般地，在這塊小小的島嶼神遊飄盪。

我禮貌地引導來客往南走，在臨近大門口的哨兵亭，卻訝異地發現友人林君，他是島上一所國小的教導主任，原先約好的小客車運將，就是他太太。他是因公來此，還是另有要務，疑惑在我心上，喜悅則在他臉龐。我久久地凝視他烏黑光亮的髮際，無紋的額頭和眼角，歲月盡把橫寫的川字，銘刻在我額上，而他雙頰紅潤，腳步輕盈，貼身時髦的服飾，展露出中年男性的成熟和穩重。我不願以那些只有外表的亮麗、沒有內在涵養的明星與他相提並論。誠然，我已年老，腦卻未昏，始終記得用遠近的距離來欣賞古榕，這是美學的原理，亦是以蒼蒼華髮換取而來的不二經驗。他那份帥氣，就如同古榕樹上茂盛的綠葉；那份沉歛，就如同襯托綠葉的枝枒，那麼地令人難以忘懷。

朋友的來意已明朗，我簡單地為來客作介紹，簇新的轎車，快速地駛離九宮碼頭，廿餘年前，車輪輾過塵土飛揚的黃沙土路，已由現代的柏油取代昔日的古典。雙旁的草木，盎然的綠意，溫煦的驕陽，微微的春風，讓來客品賞這島外島清新無染的空氣，以及自然怡人的景緻。蟬聲由田埂上的苦楝樹傳來，一聲聲悅耳的知了知了，不管它是黑色的「杜麗」，土灰色的「蟬仔」，還是綠色的「青枝仔」，不自覺地喚醒了我失去的童時記憶。

朋友把持著方向盤，時而轉頭向客人敘述島上的歷史和文化，這是在學校聆聽不到的課程，也並非人人能朗朗上口；歷史不是鄉野傳奇，而是事實的記載。如果沒有國學根基，文學素養，不能更深一層的去剖析去探討，難免會流於空洞。

我與林君同是《金門文藝》的同仁，他廿餘年前曾出版過《那夕迷霧》、《井湄少年》、《月光、枯枝、窗》等多本文學書籍。無論造辭用語，情景描述都溶入濃厚的鄉土色彩，也是被公認最有才氣的作家。然而是家的牽絆，還是生活重擔的壓抑，我們不清楚他輟筆的原委，自己亦有一段長長的空白期，又能以什麼妥善的理由來解釋，來辯護。雖然熱愛鄉土的情懷不變，雙肩卻無力挑起浯江水，同來灌溉這片已萌新芽的文藝園地。

轎車在木麻黃的濃蔭下停穩，春陽含笑地停在「八達樓子」的上空，我們相繼地下車，橫跨過路邊的溝渠，新翻的泥土，不知名的草本花卉已綻放出紅紫相映的小花朵，它是隨著季節自然地成長，還是要歷經春風的輕拂、春雨的滋潤？它是否能展露頑強的生命力，越過炎夏，在蕭颯的秋日裡綻放，還是禁不起風吹、雨淋、日曬，就枯萎？植物雖然沒有血性，但依然有生亦有死，在生之過程裡，和人並無兩樣，離不開大自然的陽光，空氣和清水。而此刻，我們目視的是八達樓子雄偉的建築，以及城堡上握槍擲彈的戰士雕像，早已把這方微小的植物拋在腦後，甚至進了城門，已遺忘了它們的存在。誠然，它曾經帶給我們初臨時愉悅的心境，但喜新忘舊是人之本性，況且它們只不過是幾朵禁不起風吹雨打的春花，怎能與這方仿古的城堡，雄偉的建築，古銅的雕像相爭輝。

林君引導我們登上旋梯，而我沉重的腳步，是否能不必依靠雙旁的扶手，以鳥兒般輕盈的腳步，一躍而上；還是像老舊的時鐘，走走停停。當生命的列車不再走動，體內的時鐘不再搖擺，人生歲月離我愈來愈遠，就是生命之泉枯竭的時刻。我們想爬上旋梯，登上頂端，與七位各就戰鬥位置的戰士會面，已是多餘的奢望。

來客聚精會神地聆聽林君對歷史的闡述，史實不能誇張，不容改變，更不能扭曲。誠然，事發的那時，我們還在陰曹地府尚未投胎轉世，腦海裡也沒有鬼子的影像。而此刻，面對握槍擲彈、為國犧牲的英雄塑像，賁張的血脈，不容我繼續思索。抬頭遙望對岸層層山巒，雖然曾經踏上祖國的土地，登過長城，而腦海裡、心靈上捕捉了些什麼？記憶終將慢慢衰退，身軀亦有腐蝕的一天，我們是否該珍惜這短短的人生歲月？還是讓那永不回頭的時光，從我們的思維中溜走？

轎車再次繞行在柏油路上，雙旁木麻黃翠綠依稀，田埂亦是綠意盎然，廿餘年前純因公務來此，對島上的鄉村聚落並無深刻的印象，左轉右彎的道路，亦是一片渺茫。朋友雖然加以詳介，實際裝進我記憶裡的則有限，客人卻是滿臉的喜悅、滿懷的新鮮，能徜徉在這片綠色的長廊裡，何嘗不是此行最大的收穫。

我們順著傾斜的水泥路面緩緩前行，春陽溫煦地照在右邊的店屋，以前的軍事重地，隸屬的又是國防部心戰總隊，想逕行入內，隨時會有手銬腳鐐加身的可能，後來歸併金防部，由主管文宣的政二組督導。廿餘年前來此是隨著將軍來慰問，他緊握住女播音員的手，說了好幾句「辛苦了！」慈祥的臉龐，也流露出一些無奈，內心承受的依然是那句令人心悸的口號。我們也深知，大陸是我們的國土，大陸是我們的家鄉，我們要反攻回去，把錦繡河山收復。而今，將軍已長眠在五指山，反攻大陸的口號已塗掉，替代的是牆上那片浮雕，和門外幾挺「過氣」的機槍和大砲。哨兵不再盤問你的身分，也不必出示證件，把歷年來國共對峙，雙方交戰時的戰利品，光輝耀眼的勝利史；以前不能曝光的眾星大名和玉照，此刻，卻像名家的攝影展和書法展，一幀幀、一幅幅，裱框懸在白色的牆壁上。他們有些已殞落，有些依然閃爍。想當年，一聲令下，九條人命就倒在血泊中，這種「英雄」事蹟則不能炫耀。他的尊容，就在眾星中。我們蒞臨這個莊嚴神聖的戰史館，只對他陳列的層面做一番瞭解和回顧，一切功過、榮辱，一切是非、成敗，無須擅下定論，就留待史學家來定奪吧。

來客對九三、八二三兩次戰役的史料，久久地凝視端詳，對兩岸交戰時的武器圖片，也詳加比較。然而，未曾遭遇過戰爭，服役時又是在臺灣本島，沒有實際經驗，就像是紙上談兵，沙盤推演，當大敵臨頭，是該喊救命，還是衝鋒上陣？當深夜水鬼摸上岸，是先喊口令，還是扣板機？播音站的擴音器已由輕鬆的名曲小調取代不實際的喊話。心戰、心戰、心理作戰，在這個高科技時代，還能衍生多少作用？這是一個極易思索的問題。

來到心儀已久的「陵水湖」，湖裡盈滿著春水，隨風盪漾的水波，湖邊翠綠的水草，我們站在木麻黃樹下欣賞這片遼闊的人工湖泊。是否這初春下的湖水，仍帶著冬末的寒意，怎不見棲聚在湖邊的水鳥，出沒於其間？我們已無心欣賞低垂的柳樹，湖裡的波光，雙眼凝視岸邊的每一個角落，還是無緣見到那群可愛的水鳥。

我們失望地跨上車，車窗外的微風，帶來一絲清涼意，轎車繼續往北疾駛，雙旁高大的木麻黃卻擋住了我們的視線，間隔的空隙裡，藤蔓纏住枯枝和野草，遠處的蟬鳴，近處的鳥叫。朋友停車的地方，是島上沒沒無聞的「西湖」堤畔，雖然它不是浯鄉的廿四景之一，也沒有陵水湖刻意修建的湖碑、高官的題字，圓形的圍籬來襯托。西湖堤岸的景緻自然幽雅，湖水清澈，沒有水鳥低飛，卻有水鴨遨遊；湖面雖不遼闊，卻有湖光山色，相互輝映的景象。陵水湖雖有高官撰文為誌，然而，刻意地修飾只代表著某些意義，卻把湖的祥和和美感完全破壞掉。君不見，當初湖碑的圓形圍籬，用水泥砌成來固定鐵鍊的矮柱，已斷了好幾根，粗大的鐵鍊亦已鏽蝕，而又有誰來關心它呢？我們是否該轉回頭，在湖井頭戰史館，找到當初攔港築堤的韓卓環將軍，請他指點迷津，該由誰來維修？是鄉公所，還是守備區？因此，當我初臨西湖，吸引我的是自然的景緻，而自然就是美。任憑是湖中的一節枯枝，一株漂浮不定的水草，堤畔的青苔，低垂的柳樹，都是我心中最美的影像。朋友和來客是否能接受我此刻的感受和想法，人對美的賞析也有不同的解說和認定，陵水湖的美，美在它的遼闊，美在它的一望無際，西湖則美在自然和秀氣。因而，自然是我們急欲追求的意象，鍾靈秀氣是文學的表徵，我們熱愛文學，也愛大自然，雖然重臨島外島，並非是尋找靈感的泉源，而是陪同友人來參訪，相信我們的內心裡，都同感這份自然的悸動。

信仰基督的來客，我們帶他參觀「烈女廟」，不管是否妥當，然，仙姑的貞節，素為島民所敬仰，香火的鼎盛，亦非其他廟宇可媲美，主體建築更富有古中國的傳統藝術。我們並不冀求他們入廟焚香膜拜，也尊重他們的信仰。大凡正統的教義，都以善為出發點，以啟發人性、激發生命的潛能為本意。各人的祈求或許有所不同，膜拜的方式亦有差別：

佛祖、天主和上帝，雖然同樣讓我們見不到，卻是我們精神信仰的指標。

步下臺階，雙旁是青蒼翠綠的龍柏，過馬路是幾株高大的林木。朋友向來客講述有關仙姑的故事。故事發生在近代，不是古老，內容是真實，不是傳奇。仙姑的忠貞志節，必將流傳千古，相信信仰基督的友人，也會認同這份事實。

來到「東林」，驕豔的春陽已偏西了一點點，駐軍的減少，人口的外流，使原本熱絡的小市區，已顯得有些冷清，但店家陳列的貨品，卻是廿餘年前的數倍，新興的行業也相繼地設立，美中不足的是窄小的街道，已沒有發展的空間，駐軍經營的「國光戲院」也早已停映。友人搖下車窗，以時速二十的慢車程，環繞了我廿餘年前因公務而來的好些地方。他要我緬懷過去，還是讓我想起從前？我們曾經開玩笑，待他從教職退休後，介紹他到茶室當管理員（當然還得賣票兼提水），這句玩笑話，彷彿是昨天剛說的，而時光竟匆匆過去廿餘年，又怎能不感嘆？歲月讓我們成長，也讓我們蒼老。

我們走進山坡下一棟新建的飯店，二樓的餐桌遙對著窗外的海域，尚未完工的漁港，施工用的浮動碼頭，港邊的沙粒石塊，不遠處的漁舟，天邊的雲彩，這是一幅多麼難以捕捉的自然美景呵！來客的臉龐盈滿著笑靨，我們也聆聽一段上帝的故事，桌上的紅酒，雖難染紅我們的臉龐，卻溫暖著我們的心，重臨闊別了廿餘年的島嶼，很快又要再分離。長夜漫漫路迢遙，友情深如水，常記心頭永不褪。春風吹起我如霜的華髮，卻難輕拂我蒼老的心田，今夕已非十五二十時，何時重臨島外島？何日再見西湖水？已不是一位在塋前徘徊的老年人所能左右……

一九九八年十月作品

晚霞盈滿新湖港

走過新湖圓環的指揮哨，停車檢查的欄杆已隨著腐蝕的鐵絲網而拆除，鋼盔下鐵鏽的面孔，已吹不響尖銳的哨音。那曾經深恐水鬼摸上岸的叢林峻巖地帶，那曾經用刺狀的鐵絲網、別上空瓶鐵罐、隨風叮噹的雷區危地，在不必反攻大陸的今天，已被高溫火爐所熔解。它們能再造什麼？是廉價的瓶罐？還是鐵釘？但願重新打造的，不再是傷人的尖銳品。誠然它曾經讓敵人懼步，但我們何能遺忘，是誰的鮮血把這片海域染紅了？八二三的陰霾、六一七怵目驚心的落彈，血肉分飛的鄉親、暴露荒郊野地的牛羊屍首。彷彿就在眼前，就在我們尚未褪色的記憶裡。

兩旁新建的住屋，曾經是一片高低起伏、雜草叢生、亂石遍佈的小山丘。那時，我們是自衛部隊的後備隊，穿了公發的迷彩服，紮了S腰帶，荷槍握彈，在一處廢棄的掩體，丟下一顆美式手榴彈，當拉開保險環扣投擲時，微抖的不是手臂，而是心靈。雖然我們擎起的是保家衛國的旗幟，而這枚不起眼又醜陋的玩意，卻是無數生靈的摧殘者。戰爭讓我們恐懼，讓我們創傷的心靈難以撫平。野蠻人使用刀矛，文明人使用槍械，科技的進步，文明的躍升，並不能減低人們的敵對；仇恨並非與生俱來，窄小的心眼，容不進一粒細沙，當利益即將遭人掠奪，橫生的嘴臉終將扭曲。拼了吧，兄弟們，把親情友情拋開，別去理會文化和道統，同胞的生命又值幾文？以刺刀劃下地界，升起血腥的旗幟，我們不想以庸俗的辭彙來咒罵他，讓一切回歸歷史，由史學家來定奪。

微微的和風輕拂我皺紋滿佈的臉龐，陡峭的坡路讓我的身軀弓前不穩。偏西的炎陽，映在左邊的峭壁上，攀岩的籐蔓，由巖縫中露出翠綠的籐蘿，它緊緊地攀在佈滿青苔的岩石上，誠然必須忍受炎陽斜照，但在多雨的夏季裡，充沛的水分，晨起的露珠，苔蘚風化後衍生的天然肥料，讓它攀上尖峭險峻的岩壁，展現頑強的生之毅力。我們不想以華麗的辭藻來歌頌和禮讚，這畢竟是大地上自然的景象。一旦進入時序的秋冬，天不再普降甘霖，石縫裡不再湧出清泉，青苔必將枯竭，籐蔓是否能熬過秋冬，在春日裡重燃生機，還是隨著季節的變換而枯萎。

臨海的山丘巖石，已被切削了大半，用來填海築港，這是戰地政務時期，動員兵力協建而成的港灣，把原來停靠在料羅的漁船小舟，轉移了避風地，讓料羅成為軍事重於商業、漁業的港口。我們都知道，一旦軍艦準備入港，碼頭一切裝卸作業必須停止，商船必須退向港外，不管它載運的是民生物質，或將腐爛的蔬果，都構成不了優先卸貨的理由，這是單一法規、鐵的命令，也是世界各個港口少見的情景。儘管地區已不再受軍管時期的限制，然當初的單一條款，依然沿用迄今。坐在冷氣辦公室的老太爺，拼起酒來無敵手，到了酒店一晚擲千金不心疼，只計較薪俸的高低多寡，不過問民間的疾苦，把光陰虛擲在歡樂嬉笑中，那有心思把不合時序的陋規惡習研擬廢除，重新擬出一套與時代相揉合的正規律條，讓鄉民免於生活在軍管時期的恐怖中。

左邊的石壁，並非巨巖堆疊而成，它是經由工兵爆破、開挖切成的石壁。壁上的裂痕，沾滿了石灰雜屑，下緣冒出水珠，籐蔓已垂下嬌嫩的綠葉，假以時日，它是否能攀緣在這塊岩石上，與山頂的草木同生共長。我們深信，它的根部已深入岩縫裡，縫裡的甘泉，自然的塵埃，必能供給它充足的養分。倘若不受到惡意的摧殘，過完春夏和秋冬，這片光禿的岩壁上，勢必會被籐蔓所綠化。

不遠處的鐵絲圍籬，是深恐頂上的落石滾下傷及無辜的行人，然而，它歷經室外的風霜，歷經無情歲月的吞噬，銜接處已鏽蝕斑斑，它的骨幹是否能承受流沙和落石？我們不能揣測它能支撐多久，也無法預告它未來的命運，就讓一切隨緣吧！

港內已泊滿大小船隻，含腥的微風一陣陣地撲來，浸濕的攬繩，緊繫在岸邊的鐵柱上，船身隨著潮水晃動，彷若我漂浮不定的人生歲月。或許是來的不是時候，還有晚歸的漁舟尚未進港，怎不見港內忙上忙下的漁民，還有滿簍滿筐的魚蝦。潮水沒有明顯的漲落，這與時序的大小流有所關連，在海上討生活的漁民，他們能觀潮水、看水流，絕不輕率地撒網；然而他們魁梧的身軀，古銅的膚色，黝黑的臉龐，粗糙的雙手，能網起海裡的生物，卻網不住易逝的青春歲月、燦爛年華。

潮水的漲漲落落，人生的起起伏伏，我們企求的、盼望的，總是失望多於希望；遠不如低空掠過的海鳥，港灣遨遊的魚蝦——它們無憂無慮，我們俗事纏身、煩惱加頂；他們逍遙自在，我們則須承受生活的重擔、苦痛的折磨。

站在雜草叢生的西邊堤岸，近海是一波波人工養殖的蚵田，遠方的雲海，天邊的彩霞，湛藍的海域，洶湧的波濤，幾抹浮雲在天邊遊移，霞光則映照在港內的小舟上，赤裸著上身、穿紅短褲、暴露出強壯肌膚的蛙人弟兄，提著藍色小膠桶，俯身打起水，沖洗小艇上的泥垢。曾經，他們冒著生命危險，乘風破浪，在沿海、在敵後，擔任特殊任務，為多難的國家立下汗馬之功，他們的隊長更榮獲多屆的克難英雄；而今，遙遙相對的兩門，敵意雖未全消，期盼已久的直航亦未實施。然而，生長在四十年代的我們，親眼目睹國共對峙時的慘劇，親眼看到躺在血泊中的鄉親父老。沒有歷經戰爭，不知戰爭的可怖；沒有領受苦難，品不出生活的美味。這群年輕的蛙人弟兄，他們在自由地區成長，過著安逸的日子，沒有敵前敵後、出生入死的悲壯經歷。誠然，此時的環境已異於彼時，敏感的政治也做了急轉彎。或許，太平的日子已到了，然太平也容易讓人迷失，此處已不再是戰地，不再是一片純靜的泥土；無知的政客、勢利的商人，引進異鄉的神女，她們硬挺下垂的乳房，伸展含菌的雙腿，把發酵的迷湯，灌進鄉親的咽喉裡，供奉「豬哥神」，祈求浯鄉的壯丁都成為「老豬哥」，好把他們的錢財搜括殆盡。

天邊的彩霞，海平線上的雲海，我們賞析的是一幅無所取代的美景，不是畫家筆下的水墨畫。然而，黃昏暮色已臨，晚歸的漁船也已進港，水中反映的已不是七彩的霞光，而是岸邊路燈的光芒。我們曾經徜徉在這片怡人的美景裡，在它柔和的波光水影旁漫步。當晚霞盈滿了這祥和的港灣，卻也告訴我們是黑夜即將來臨的時刻。前方小小的塔台，閃爍著一藍一紅的燈光，它並非是引導船隻進港的燈塔，也沒有放射出萬丈光芒，是否藍燈象徵著光明，紅燈代表希望，要把陰沉的黑夜驅離。

溝渠裡有喀喀的蛙聲響起，草叢中亦有吱吱的蟲聲同鳴，月光映照在這碧波無痕的港灣，我卻拖著沉重的腳步踽踽獨行。是否該重新環繞港岸一周，還是往回程的路途行走。右邊的小廟有晚課的木魚聲響，繚繞的清香和梵唱，彷若我蒼老的心在顫抖。尼師敲打的，似乎不是木魚，而是我即將回歸塵土的靈魂。當明兒日薄西山時刻，這片海域依然會盈滿七彩的霞光，我將重臨佇立在巨石堆疊的海堤上。倘若夕陽褪去彩衣，潮水流向深邃處，我生命中的光環是否仍能如繁星般地閃爍？神遊的魂魄，是否能尋覓到棲身之所，抑或是還要在這荒郊野地繼續流浪。燦爛的時光已走遠，心中的旭日難再升，當霞光再度盈滿新湖港，我將揚起生命之帆，航向未來，航向久遠，航向心靈的最深處……

一九九八年十一月作品

在時光的深邃裡

今夜，我躑躅在秋風颯颯的木棉樹下，捲曲的落葉，在腳下發出微微的響聲，冷颼的街道，暗淡的燈光，讓夜的情愫籠罩在淒涼朦朧的美裡。

曾經，這兒是一片雜草叢生的沙丘草埔，雖有幾畦田地，但貧瘠的沙土，農耕的落後，並沒有讓它變為良田。泛黃的蕃薯藤，開花結不了果的落花生，歪斜的麥穗，禁不起鳥雀的啄食、鼠輩的橫行。然而，居民依然無怨無悔地守住這片沒有稻香、只有土香的田野……。

那是一九五七年左右吧，政府有意把它規劃成一個新興的商業區，蓋了幾十棟南北相向的灰瓦店屋；但在店家尚未營業時，卻爆發了舉世聞名的「八二三砲戰」，粉碎了多少人的美夢，也讓好些鄉親無家可歸，遷臺避難。雖然，主政者自稱是這場戰役的勝利者，但民間百姓所受的災難，卻是這場戰役的犧牲者、失敗者。

那時，我們年紀尚小，跟隨父母躲防空洞的日子，高達四十餘天，而那厚度僅十餘公分，由水泥鋼筋灌漿而成的掩體，果能擋住威力強烈的鋼製彈頭？或許是我們僥倖，沒有遭受落彈的襲擊。每次，當我們聽到對岸發射的砲聲——「轟」、在空中穿梭的——「咻」、落地的——「砰」；幼小的心靈，天真無邪的臉龐，仍然掩飾不住那份恐懼、那份悲傷、那份怵目驚心的神色。岸的那邊，曾經隔海喊話：停火一周、停火半月、到所謂的「單打雙不打」，把善良的百姓耍得團團轉。當我們由潮濕陰暗的防空洞回到溫暖的家，則是在古老的眠床上舖上一層層破舊的棉被，以及盛裝農作物的麻袋，全家大小老幼，不是在眠床上睡覺，而是在床底下假寐。

光陰匆匆地輾過四十餘年的日月光華，在這其間，我們嚐盡了人間的酸甜苦辣，也由童年、少年、青年，而進入老年，寄居在新市里，亦已超過我人生歲月的半數。倘若還能活上百歲，前言似嫌武斷，但我已看透紅塵，認清這個世界，短命比長壽更適合一位販賣腦汁的人。生活的牽絆，人情的冷暖，這塊新生的沙地，並沒有為我凝聚財富和智慧，只讓我以蒼蒼的白髮，換取文學生命的延續和再生。

曾經，我懸掛的是一塊不能稱店的市招，市場亦由老字號大資本的同業所把持；我用點頭鞠躬換取生活的必須，而路過的文人墨客，卻是我蟄居異地最大的收穫。彼此不分官階的大小、職務的高低，名家或新秀。誠然，有些早已是國內文壇、詩壇的作家和詩人，當他們盤旋在我窄小的空間裡，一壺清茶，就可讓我們原已交集的文學之心再蠕動。我們品嚐的是淡淡的茶香，以及友情的馨香；不是庸俗的酒肉香，或是聲色場所的脂粉香。我不願把他們的大名一一列出，來提高自己的身價。文壇沒有年齡之分，只有作品的差別；一位作家倘若歷經歲月的洪流，寫不出他內心欲表達的意象，他的文學生命，終究要做死亡的宣判。而是否能重獲新生，綻放文采，或許尚須歷經痛苦的煎熬、心身的折磨。因而，我們深刻地體會到，停筆容易拾筆難。

在現實的環境裡，我們經常可見到一副醜陋的臉孔，自己已江郎才盡，嘴角卻滿佈著泡沫，開口就是張三寫得並不怎樣，李四寫得不夠水準，只有文學生命已死亡的他們行，只有在酒桌上醜態百出的他們了得。見到足可當他女兒媳婦的女子，馬上暴露出一副色迷迷的「豬哥相」。在戒嚴時期、軍管時代，有人以地虎之姿，活躍在紅壤土上，而後仰賴同姓聚落的支持，廿餘年來平步青雲，一路「長」到底，而卻疏離了坦誠面對的親朋好友。當了幾年「官」，現實社會裡的惡習樣樣精通，小人的讒言奉為聖旨，忠言並不能喚醒他自溺的靈魂。我們批判人性的角度和尺寸，並非是無的放矢，也沒有特定人選；誰敢說這個不完美的社會，沒有這號人物，沒有這種事實？憑著一點權勢，認同的不是浯鄉子弟的學識和才華，學會了老毛那套鬥爭手段，只因為他文學生命已死亡，酒精中毒的手已顫抖，腦海裡想的是「孫中山」和「白嘉莉」，眼簾裡盡是些搖擺著臀部、晃動著大奶子的脫衣秀。他們已不能思、不能想，更寫不出內心裡、心靈上值得歌頌和禮讚的篇章；這是文人的悲哀，豈能光宗，又怎能耀祖？誠然，在這塊廣大的文藝園地裡，我們已耕耘了三十幾個春夏和秋冬，雖沒有傲人的成績，卻也不落人後。幾本不成熟的作品，還曾漂洋過海，遠渡歐美、星馬和大陸，不管是否能被國外的讀者接納，但總是一段可貴的歷程。今天是該肯定自我的存在，還是因存在而令人汗顏？這涉及到一個可笑的邏輯，以及讓人羞澀的問題——

先生，請問您貴姓？

果若遺忘了自己的名姓而不自知，迷失了自己而不能自拔；竟連一張選票，也出賣了自己的人格，換取幾文銀兩上酒店，那可是天地所不容的！別忘了，今日請您惠賜一票的候選人，是當初為你抬轎人家的子女，難道良心真被黑金所矇蔽，連一份感恩的心也喪失了，這是多麼地可憐啊！

朋友曾經說過，社會是個大染缸，官場卻是一個容易讓人墮落的地方。為民服務的清官已少見，一旦當了官，變質像變天，官僚官氣，逐一纏身，表面是處處為部屬設想的好長官，暗地裡則先清除異已，順我者生，逆我者亡。這是沒有風骨的文化人，最現實的政治人物，而他們能囂張到幾時？千萬別忘了，有上臺的一天，亦有下臺的一日。何不乘機積點陰德，別等到大禍臨頭，再到處求神問卜，那鐵定要遭受報應和譴責的。不管是現實的人間世，或是冥冥之中，當神智停滯不清時，靈魂將被層層烏雲所籠罩，緊接著是牛鬼蛇神，在腦中纏繞不散。佛家所謂的因果，他們真不懂、還是假不知。儘管受的是正規的學院教育，卻偏離了人生的主題，扭曲了上天賦予他們的使命。草草埋葬自縊的老母，在聲色場所裡，依然是好漢一條；撿到了軍管時期的死黨，以牛鞭換來官位，見了高階奉迎拍馬，與鄉親交談卻是仰頭望天；這就是社會人士的嘴臉，官場的寫照。我們能怨誰，怪誰？一個暴力色情的社會，一顆沒有血性的靈魂，如此的組合，是悲、是喜，還是現實人生裡的恰到好處？我們恥於分析和表明。

仰起頭，木棉的空隙處，是藍天一片，閃爍的繁星，皎潔的明月，在這熟悉的紅磚道上，我刷刷地踩過捲曲的落葉，並非有意踐踏這些已枯萎的葉片。雖然它已枯竭，但葉上的斑點，蟲兒啃食過後的紋路，深刻著歲月的痕跡和成長的歷程。生命雖被摧殘，來日依然能展歡顏；雖然它已遠離母體，春日的嫩葉綠枝亦非由它再重萌，就好像是人生的輪迴，世代的交替。當我們體內不再湧現生之清泉，淌出的屍水、腐爛的屍體，已難在人世間宇宙裡綻放光采，而是否真有來生，還是仰賴下一代，繼續我們尚未走完的坎坷路途。

當他們踏入這個只有善惡之分、沒有真理的社會裡，是否能堅持原則，不沾染惡習，遺傳先人的風骨。假如要逼使父母自我了斷，任你是富商巨賈、社會人士，或是基礎雄厚的民意代表，還是撿到「死黨」的什麼「鳥長」，這種「典範」勢必千古流傳，如此之貨色，還能稱人嗎？老花眼鏡下的那張臉孔，是虛偽與奸詐的幻化，當周邊的人們揭穿了他的面目，就如同木棉道上的紅磚盡頭，前走是漆黑的街道，後退已無容身之處；置身的已不是燦爛的人生歲月，而是在冷颼酷寒的深夜。

明月已被烏雲遮掩，徒留滿天繁星閃爍。新市街頭已是冷寂一片，與四十餘年前的荒山草埔沒有兩樣；歲月只是改變了他們的容顏，地與空依然遙遙相對。在這街深夜靜的木棉樹下，我所思索的，不是對人性的醜化，而是批判一些無知的政客，以及一個小人得志的社會。今天，他面對的，是一位歷經苦難歲月、在寒冬飲過冰雪、在黑夜渡過危橋的老年人。他的聲名雖不響，卻有傲人的風骨；他無財無勢，卻有文人的高風亮節；他的作品雖自認為不成熟，卻有老、中、青三代的讀者群；有國內外的詩人作家朋友們。而自認為是文化人的他們行嗎？三十年來，他寫出什麼東西？除了在公文紙上寫幾個無關痛癢的字外，或許連一篇五百字的抒情散文也寫不出來，文壇是一塊現實的園地，要拿出作品，不是倚老賣老；是作品在說話，而不是依年齡、依官階在吹噓；作品可流傳千古，官階卻隨著下臺而死亡；只有永恆的文章，沒有不下臺的官員。如果我們今天所描寫的、所創作的是一些濫三流的作品，早已遭到淘汰，更無顏在這片園地繼續耕耘。不管環境因社會人心而改變，然我們熱愛鄉土之心永不變，更不能遺忘這片曾經耕耘過的園地。儘管它遭受季節性的淒風苦雨，但溫煦的陽光就在雲層處，信心和希望終將為我們帶來永恆的歡顏……。

此刻，新市里已在秋夜裡長眠，街燈已熄，木棉樹上沙沙的響聲掠過耳際，紅磚道上晃動的是我孤單的身影，該坐在冷寂的歇腳椅上喘口氣，還是繼續躑躅在秋風蕭颯的寒夜裡？

層雲已遮掩住秋月的光芒，我們不會在黑夜裡喪失希望；不管春風來不來到這個美麗的島嶼，春雨能否滋潤這片乾旱的田疇，我們已尋覓到自己的方向，不必踩著別人的腳印前行，寧願在時光的深邃裡接受考驗，絕不向現實的環境低頭，更不為名利損格……。

一九九八年十二月作品

永恆的祝福

孩子，今兒雖是時序的寒露，但熾熱的秋陽依然高掛在天際。微風只輕輕地吹動木棉的枝枒，讓我們品不出秋風颯颯、落葉飄零的季節。此刻，妳已理好了行裝，稍待一會即將搭乘瑞聯航空的班機，遠赴異鄉求學。依妳的年齡與學業的段落，似乎不該在此時負笈他鄉。父母雖有滿懷的不捨，也不忍心讓妳遠行；歷經多少痛苦的煎熬和深思，還是尊重妳的選擇。但願妳未來的路途，是一條平坦寬廣的大道，以妳的信心和毅力，走到它的盡頭。不要半途停頓，或原地踏步。學成後能擎起炬光，發揮南丁格爾燃燒自己照亮別人的偉大精神，服務鄉梓、造福人群，為社會犧牲奉獻。句句勉勵，聲聲叮嚀，終將化成離別的依依，該講的，該說的，都已講完、說盡。然而，在妳臨跨出家門，我不得不再重複一句：

品德要與學業並重！

妳點著頭，看看我，示意已聽到了。但是否真能理解，這短短的一言半語，還是厭煩父母不入流的嘮叨，把它當成耳邊風。誠然，我不瞭解妳們新新人類的思維和想法，然妳們的膚髮畢竟來自父母，言行、舉止、智賦雖不盡相同；但，我們卻是生命的共同體、密不可分的父女關係。

儘管，妳曾經為父母製造許許多多的困擾，也曾經因妳不當的言行，向同學的家長、學校的老師道歉過；然，我始終相信，妳的心地是純潔、善良的，只是誤把不良少年當朋友，以及青春期叛逆的心理在作祟。明顯的起伏變化，是妳即將進入國中就讀的那段期間，妳在補習班認識了一位、在臺北遭受退學而回金依親的女生，妳們在一起時，不是課業上的相互切磋，也非為人處世的相互琢磨，而是學會了蹺課、在外遊盪，父母與師長的教誨與規勸，總是以一堆謊言來狡辯；我試以斯巴達的教育方式來管教，但只那麼短暫的時光，依然禁不起狐群狗黨的呼喚，除了較有興趣的國、英，其他需要筆試的科目均是美麗的嫣紅。

課業的優劣，或許與先天的資稟、後天的努力有所關聯。我不敢期望妳有超人的成績，也不願看到妳讀到夜半三更，而影響原已瘦弱的身體。小時候，妳經常地高燒不退、胃腸不適，曾經被醫院開過病危的紅單，但在醫護人員細心的照料下，終於度過令人憂心的危險期，妳也隨著歲月而成長、而精敏；然而，寄居在外婆家，或許是欠缺父母的關愛，變得個性倔強「狡怪」，返鄉後，經常嚐到「竹甲魚」的美味，是否因此而影響到身心的自然發展，還是怪父母沒把妳調教好。雖然歷經歲月的洗禮，慢慢地能分辨是非，但在部分老師的心中，則依然是一位頑劣的學生。

在國二的一節英文課中，因為沒有按時繳交作業，遭受老師的體罰，或許是手心疼痛難受、或是一時的氣憤，竟沖著老師高聲地咆哮——

信佛，信什麼佛！

老師怒氣沖沖地來家告狀，我沒問清楚詳情，總認為沒繳作業是妳的錯，遭受處罰是應該，對老師無禮更是不該；當然回家還要再受罰。然而，過了幾天，老師簽請記妳小過的懲罰令，被貼在校園的公告欄裡。當我從妳導師處得知這則消息，對這種教育體制有了疑問，一種過錯，遭受雙重的處罰，是否有當，教育界的朋友都認為不妥，既然要依校規處分，就不得體罰，更不必向家長告狀，再遭受另一次責罵。

當事後我們閒聊時，我詢問妳原委，妳理直氣壯、憤憤不平地說：既然老師信佛，佛家是以慈悲為懷，怎麼可以打人？而且他不是警告，而是使盡力氣抽打。我無言以對妳的辯解，佛家的慈悲，老師的愛心，學子的尊師，其意相同，其理甚明。老師不但是虔誠的佛教徒，亦是一個慈善團體的理事，他晨間打掃馬路、晚上在醫院當義工；而不久前，亦有不當體罰學生，與家長發生了肢體衝突的記錄；是否他在佛的面前有慈心，而在學生的面前無愛心，我們也不清楚他的義止善行，是出於真心，還是作秀？如果慈心與愛心不能相互揉合，化成一道無悔的光芒，那不是授業，而是傳教；老師講的是佛經，學生信的是基督和天主，互不相干。相對地，不尊師重道的學生，任憑她才高五斗、學貫中西，與文盲又有何二樣，終究要被社會摒棄和淘汰。孩子，相信這些粗淺的道理，妳懂；老師的管教或許有所不妥，但基本上，他期望妳能成為一位中規中矩的好學生；凡事必先自我檢討，接受別人的指正不是恥辱。

三年國中生涯，我們必須感謝妳的級任導師，他對妳的關懷，所付出的愛心，誨人不倦的敬業精神，讓我們感佩萬分；從妳的課業、言行，他都不厭其煩地來與家長溝通，尋求能啟發妳的良方，而妳那「狡怪」的個性一旦復發，管它是王爺、國公；竟有一次連三字經也出籠，導師並沒有處罰妳，而是以諄諄的善言來開導妳、來提醒妳：不管男女，口出穢言，是一種不恥的行為；尤其是一位正在受教育的少女，舉止言行必須循規蹈矩，不容許偏差。以妳的精靈，當不難理解老師的苦口婆心，以及為教育下一代而犧牲奉獻，費盡心思，絞盡腦汁，為的是要讓妳們在這關鍵性的三年國中，奠定良好的學業根基，學習為人處事的道理。

隨著時光的遽逝，妳也長得亭亭玉立，雖不是美女，但也五官端正、清秀悅色，思想逐漸成熟，善惡能分，是非能辨。雖然倔強的個性依舊在，受到委屈、遇到不如意，妳會繃緊臉、猛踹樓梯或地面，把悶氣發洩在那雙名牌的運動鞋上；讓鞋店的老闆笑顏逐開。是否能因踹痛的腳丫腳跟，讓妳那「烏肚番」的個性降溫，還是本性已難移，要繼續的「番」下去。如果不小心踢到了鐵板呢！當腳趾流出鮮血、染紅了鞋襪，疼痛的是父母心，不是妳欲滴落的淚水。

終於，不幸的事件從天而降，接到老師的電話，是夕陽染紅天邊時刻，妳放學後，並沒有直接回家，而是被一位染過髮的校外女孩載走，四人共乘一輛輕型摩托車，快速地馳離校園，老師來不及制止的電話放下不久，我的心隨著沉重的腳步踱向室外，望穿無盡頭的新市街道，卻不見妳輕盈的腳步，在回家的路上跳躍。電話鈴聲再次響起，醫院急診室的通知，讓我幾近崩潰，妳清秀的臉龐已是傷痕累累，鼻樑上緣更是縫了十餘針，手肘與腿部的擦傷，著地而破損的運動衣褲，沾滿著泥塵與柏油屑，鮮血已在衣褲上凝結成一塊塊大小不一的疤痕，妳母親向服務單位請假，日夜不眠不休細心地為妳做最妥善的護理工作，讓妳的傷口免於發炎、糜爛，而痊癒。

然而，距離升學統一考試的日期已近，妳卻請了二十餘天的病假，沒有機會聆聽各科老師的考前複習，忍受病痛的煎熬，斜靠在床頭，自行溫習。雖然被分發到職校的電子科就讀，然妳也能接受，父母亦無怨尤，唯一希望的是課業與操守並重，更能以此次教訓做為警惕。

開學不久，妳提著電子科必備的工具箱回家，面對它而楞住，似乎難以接受那些鉗子、起子和焊槍。妳重新規畫了未來，選擇以服務人群為志業的醫事學校，薪傳白衣天使的神聖使命，父母雖不放心妳負笈異鄉，但經過多方思慮，還是尊重妳的選擇，願妳能不負家人眾望，遠離那些狐群狗黨，把烏肚番的個性改掉，以父母給予妳的智慧，克服萬難，用心學習。誠然，受教育是痛苦的，但別忘了，痛苦過後，距離甜蜜、幸福的日子，就不再遙遠了——這是人生中自然的定律，如果不付出痛苦的代價，任妳有滿懷的理想，心存著希望和抱負，最後總是要落空；想回頭，想釐訂新的計劃，追尋新的目標，已趕不上遠走的時光和逝去的歲月。

此刻，豔麗的秋陽正當中，太武山頭更是金黃一片，飛往異鄉的班機已滑離了跑道，盤旋在尚義的出海口，當它加足馬力爬上雲層裡，妳將暫別這塊孕育妳成長的土地。藍天白雲間，隱藏著無窮的希望，願妳珍惜易逝的光陰和歲月，飛向理想中的更遠處，來日擎舉著炬光，散發出愛的光芒，照亮浯鄉黯淡的一方。

心中盈滿著無言的祝福，淚水在我眼眶裡蠕動；如果妳內心有所感應，那是父女連心的象徵。縱然歲月腐蝕了我的身軀，縱然妳遠在天涯或海角，老爸的祝福，是永恆不變的父女深情，孩子，妳懂嗎？……。

一九九八年十月作品

客自異鄉來

大師，歡迎你蒞臨英雄島。

島上不再有戰事，也聞不到嗆鼻的砲火煙硝；當豔麗的秋陽，映照在祥和的新市里，當車輪輾過木棉樹下的枯葉，我陪同一地燦爛的陽光，迎你於塵土飛揚的街道上。銀灰的髮絲、魁梧的身軀、滿腹的文采、八斗的智慧，銘刻在臉龐的是和氣和謙卑。我緊握你那揮灑出千萬言的文學之手，久仰從口中傾訴、心儀在心中盤旋；雙眼是誠摯的交會，腳踏飄香的泥土，把陌生化成一道友情的彩虹，彷彿是多年老友再重逢，永遠不受時空的阻隔，永遠是二顆坦誠的心再交集。然而，簡短的寒喧，我必須先說聲抱歉，蓋因老家有位人瑞駕鶴西歸，在習俗尚未革新前，傳統的儀式不能廢。雖然你信仰的是基督，我們都能理解與接受不同的禮儀。不管公務繁忙、俗事纏身，都必須主動告假抽空返鄉，協助喪家料理後事。

人不僅是萬物之靈，也是群體動物，蒼天賜予我們生，也賜予我們死，任何教派、任何高僧聖賢，都必須歷經這二道關卡。今兒，我們把往生者抬上山頭，明日我們的屍骨也不會暴露在野外；融洽的族群、急難的相助，這是源於傳統、傲視現代的美德。與新新人類講求的近利、標榜的自我截然不同。誠然，佛家的出殯儀式較為煩瑣：道士的誦經、外戚的祭拜、喪家子孫扶棺哀嚎；當公祭與家祭進行時，則須長跪棺木旁，傷心的淚水、垂下的鼻涕、不能整修的邊幅、子媳的黑衣、孫輩的藍衫，配合中西樂隊奏鳴的哀樂，一路散發著冥紙，始能把往生者送往山頭。當棺木放進墓穴，必須再以三牲菜碗祭拜后土。喪家在失去親人的哀慟下，依然以最虔誠的敬意，料理繁瑣的習俗，任憑是一個小小的細節，也不敢疏忽和怠慢；與基督的追思禮拜有異曲同工之處，只是表達的方式不一，大師，你該不會認為我的解釋太牽強吧。

金門的影像，對你來說，是模糊而不具體的。一個月的駐防，只瀟洒地在太武山頭走一遭，雖然品嚐了螃蟹的美味，卻無緣輕嚐高粱酒的醇香。今兒，你重臨非因酒香蟹肥，亦非重覽島上怡人的景緻，而是為孩子們的婚事來提親，來與金門這塊小小的島嶼締結親家緣。曾經為姓氏相同、信仰的不同，一份無名的苦楚，久久在我內心裡盤繞。然而，我始終沒有排斥，亦無阻撓。孩子們四年同窗，二年歷練，又先後進入研究所，無論性向嗜好，在專業領域裡苦讀探索，追求新知，都有相同處，更未曾為家長帶來困擾，也從未口角和紛爭；我不敢自榜是青年典範，也不認為是一對金童玉女，至少，他們已善盡社會責任，成為一個安安分分、守法守紀、力爭上游的現代人。名利與金錢，勳章與烏紗，不是永恆的光環，而是心靈空虛的加速器。

大師，你從苦悶的文學中走過來，歷經白色恐佈、政治迫害的雙重苦難，豐富的人生閱歷，不朽的思維，以千秋之筆，寫下千萬言、有血有淚的文學作品；而此刻，你是否能認同我的觀點。雖然我們談的不是文學，然而，文學卻是人生的反映、心靈的寫照。孩子尊稱你為伯父，然膝下猶虛的你，卻早已把他當成自己的子嗣，以父愛的光芒，諄諄的教誨，引導他步上寬廣的人生大道，陶冶成一位知書達禮、謙卑為懷的時代青年。如此的乘龍快婿，何處去尋覓，我始終不認為是高攀，而是佛家所謂的姻緣；這份姻緣雖然繞行了萬里，卻是由短短的紅線所牽繫，不管是佛祖所賜，或是上帝的安排，兩地必當同響祝福的掌聲，共鳴幸福的樂章……。

那晚，我們在老家的庭院，同賞朦朧的秋月、繚繞的茶香、微微的秋風，繁星在夜空閃爍。你談起青年朋友的作品，多數沒有理想、沒有目標，賣弄的是一堆標新立異的文字，故事尚未進展、人物尚未顯現，床戲則已開鑼；不講倫理道德，以描寫傷風敗俗的同性戀引以為傲，一旦提出批評糾正，還會被譏為老頑固。是的，我們的社會何止不完美，已淪為一個笑貧不笑娼、令人澈底失望而又無可救藥的社會：娼妓遊行抗議，要求恢復工作權；貽害青少年的電玩業者，要罷免取締的父母官；民意代表為了選票，帶頭領隊向公權力挑戰；而身為一個文學的創作者、歷史的見證者、社會的改革者，是否該為迎合少數評審以得獎而寫，還是為我們迷失而不自知的青少年而創作？滿腹的牢騷，是否代表我們觀念已落伍、思想已退化，不夠新潮，寫不出「同志」那種背離傳統的篇章。想當年，你與幾位志同道合的朋友創辦《筆匯》，讓純文學與鄉土文學，邁向一個迄今依然無所取代的最高峰。〈我的弟弟康雄〉、〈唐倩的喜劇〉、〈夜行貨車〉、〈第一件差事〉、〈將軍族〉……等，雖早在我青年時期就拜讀過，至今則依然讓我念念不忘。故事裡的人物、情節，更永存在我心中……。

那時，島上尚是戒嚴時期的軍管時代，也被後方的文人墨客譏為文化沙漠。我以微薄的薪給抵押在「明德圖書館」，借回心儀已久的《現代文學》和《筆匯》，自私地想擁有它們，讓圖書館沒收了押金，把書讀完一遍又一遍，而後深鎖在木箱裡；我的行為雖有不妥，但被沒收的押金卻是書價的數倍，因而，我感到坦然，並非羞恥。也讓人理解到一位熱愛文學的青年人，在資訊書刊貧乏的地域，他內心所受的壓抑和苦悶。而今，資訊的發達，教育的普及，高學歷的青年一大堆，他們卻遠離了文學，只追求感官的享受，以高分貝的熱門音樂來突顯自身的藝術水準；以妖精打架、灌籃高手來美化自我的心靈；酒逢姑娘千杯少，錢逢美女散不盡，卻計較一本書的價錢和折扣，翻了幾頁就能未卜先知，提出批評、擅下結論——寫得並不怎樣！這是最令人寒心的社會通病。大師，相信你也有同感，並非我無的放矢，不關心這塊土地、不熱愛這些沒有歷經苦難的人們。

我們剖開了綠中微黃的柚子，品嚐了它酸澀的果實，是否要讓未臨的中秋提前來到，好讓清明的月光，映照在祥和幽靜的院子裡，還是讓明年的春花早日盛開，好陪年輕的他們步上紅毯！

皎潔的秋月、酷寒的嚴冬，終將要回到輪迴的時序，等待是希望的延伸。孩子們擁有的是一份禁得起歲月考驗的愛情，且也獲得雙方家長的肯定和認同，虔誠的祝福和祈禱，是他們邁向溫馨、和諧、幸福人生的開始。我們將永無遺憾和牽掛，熱切期盼另一個小生命的到來。雖然，在通往天堂的必經之路，我們又跨上了一步，升高了一級，然而，雪霜紛飛的雙鬢，蒼老的心田，微風輕吹的是一盞燃油將盡的孤燈，不管它的火焰是偏東或偏西，當灰燼散落滿地，我期望的不是加油再復燃，而是讓它安息在這片純樸的土地上，讓飛揚的塵土，覆蓋它的身軀，讓綿綿春雨，滋潤它枯竭的生命。

大師，或許我愈想愈多、愈扯愈遠，竟在這美好的秋夜裡染上了一絲銀灰的色彩，我們交集的文學之心，卻突然中斷。話頭該從何處再引起，彼此久久地沈默，沈默是浯鄉深深的庭院、朱紅的磚瓦、福州的杉木和石塊。我突然想起你追求大半生的「統盟」，統一雖然是你的理想、你的美夢，卻因此而在鐵窗裡度過三千多個晌午和晨昏。大凡具有良知的知識份子都有同感，那是一個霸權主政的時代，呼喚的是自由的口號，標榜的是民主政治，暗地裡的白色恐怖、打壓異己，有人因一幅漫畫換來九年綠島監獄。在這條艱辛的路途中，你獲得的是兩個簡單的字彙──「叛亂」。一位學者，一個從事文學創作的筆耕者，他所思所想是鄉土的、是古典的，關懷的是在這片土地默默耕耘、犧牲奉獻的鄉親父老。他們身無寸鐵、手無刀矛，是看不見的腦細胞在叛亂？還是能思能想也是無可饒恕的原罪？政治讓我們寒心，也讓我們心驚，是否該怪造物者給予我們思，又賜予我們想？倘若人類沒有思想，空有七尺身軀、瓜狀的腦袋，那是萬物之靈的人類呢？還是冷血動物？

歲月是最好的解釋和辯白，此時的主政者，已逐漸地踩著你們的腳印前行，是該統一，還是獨立，相信人民的眼光是雪亮的。然而，一位在這孤島上成長的老年人，一個自幼失學而又熱愛文學的筆耕者，他愛鄉愛國更愛真理。但長期的戒嚴和軍管，一觸及敏感的政治，心中仍有餘悸和恐懼。因為法律是「公平的」，善良的百姓蒙受的「照顧」特別多。他們喜歡聽的是歌功頌德的謊言，喜歡看的是口含黃蓮、有苦不敢言、立正站好的馴民。多年的深思熟慮、觀言察色，只悟出這一絲兒粗淺之道；而你在這條艱辛苦楚的民主大道上，走了大半生，是否能認同我此刻的思維和想法。

你親手播種的秧苗，已在那片曾經遭受鬼子蹂躪過的土地上，結滿了稻穗；含著血腥的魔手卻妄想連根鏟除、一把火燒掉。然而，秋收後的淒風苦雨，卻是你們生命中的豐盈季。我雖非過來人，亦不是你們的盟友，然我今天所思、所見、所聞，相信是明日近代史的腳本，史學家無權否定這份事實。

未圓的秋月，突然被層層烏雲所遮蔽，空留滿天繁星閃爍；深深的庭院，也蒙上一片陰影。我們是否該把話題轉回到原點，還是無言地等待烏雲過後的明月光。終於，層層烏雲過後，明月又在當頭，皎潔的月光映照在古屋斑剝的牆上，門外的溝渠，有吱吱的蟲聲響起，木麻黃的樹梢亦有沙沙的響聲，這祥和的農村秋夜，異鄉客是否能適應它的孤寂？或許孤獨和寂寞能讓文思快速湧起，是否該在這孤島上寫下難以忘懷的篇章，還是把所見所聞，深藏在記憶裡。

微風帶來一絲涼意，遠處亦有野犬聲吠起，倘若戰地政務尚未解除，此時已是戒嚴宵禁時刻。哨兵的口令，刺狀鐵絲編成的路障，沒有夜間通行證，誰敢越雷池一步？屋內的燈光外洩，還得受罰。大師，那個時期，島民所遭受的壓迫，不是三言兩語可說盡，美其名為生活在自由中國的英雄島上，實際上，我們享受的是次等國民的待遇。今天你有幸，不必持有警總的出入境證、不必經過廿餘小時的海上顛簸，直接來到這個沒有哨兵盤查、沒有路障阻礙、夜間燈火通明的島嶼，呼吸到真正自由新鮮的空氣。一旦兩岸不再對峙，祖國河山近在咫尺，我們將可搭乘船舶，航行在白浪滔滔的金廈海域，看看岸上青蒼翠綠的山巒，想想分治時的苦難歲月。雖然已開放了探親、觀光和旅遊，但不直接通航，讓歸鄉的路途更為迢遙、讓兩岸的人民付出更多的時間和金錢，而更讓我們迷惑不解的是：中國要統一呢？還是臺灣要獨立？這是一個極端敏感的政治問題，大師，我們就不談吧。雖然你是「中國社會科學院」榮譽高級研究員，也曾榮獲最高領導江澤民先生的接見。然你始終不願在媒體上曝光，低調地面對訪談，是否盡在不言中，還是深恐再次遭遇那雙白色恐怖的魔手？這已是一個不一樣的年代，相信你是以最坦然的心胸來面對，絕非是懼怕。

秋月已偏西，夜已深沉，再過不久就是雞啼鳥鳴的時刻。大師，你睏了吧！古厝廂房裡的油燈已為你點燃；微弱的燈光，卻能滿室生輝。木製的眠床，有友情的馨香；島上不再有戰爭，你可一覺到天明。倘若床前有明月光，那可不是地上霜，而是你以傲人的文學成就，與日月爭光……。

一九九八年十月作品

疾風驟雨

久未見面的朋友王君，突然在這疾風驟雨的午后來訪。粗短的髮絲，佈滿著晶瑩剔透的小水珠，額上的皺紋，彷彿是一條條小小的溝渠；由髮梢滴落的雨水，順勢在這條由歲月挖揭的溝渠裡橫流。

屋外的風聲雨聲蓋過朋友的氣喘聲，疾風吹亂了木棉的枝椏，綠黃交錯的葉片，像隨著快節奏旋轉的圓舞曲；然而，這滂沱的大雨，並不能洗刷長滿青苔的木棉主幹，只在路邊的低窪處，捲起一波波小小的漣漪。

王君用手抖落髮梢上的水珠，踹踹微濕的皮鞋，滿臉燦爛的笑靨，與簽中彩券沒兩樣，更異於平時那幅不苟言笑的撲克臉。他燃起香煙，深深地吸了一口，而後，吐出一圈圈繚繞的煙霧。

老哥，我走了桃花運。他說。

我看看他那黝黑而生鏽的臉，打量他那圓而鼓起的肚皮；低檔的褲腰，已隨著那條老舊的皮帶，滑落在肚臍下。

呸，瞧你這副德性！

我打從心底冒出這句重話，並非是庸俗的貌相，而是一個有家有眷、距離生理學上的六點半已不遠的糟老頭，那來的桃花運，但願碰到的不是仙人跳。然而，他一五一十地告訴我：那位女的約四十來歲，丈夫已去世多年，膝下無兒無女，為了生活在酒店上班；無論相貌、風度、氣質，都讓他傾倒在她那薄如蟬翼的高叉裙下；待人又親切，從不拒絕他那粗糙的手，在她細柔的肌膚上游移；從沒嫌棄他那滿是煙臭口臭的舌尖，在她櫻桃春唇內蠕動；渾圓高翹的大屁股，經常坐在他的兩腿之間，讓他享受到此生未曾有過的酥麻和快感。他滿懷滿腹、心肝肺腑，都是含刺的野花香。深更半夜，背叛著共苦而無同甘的妻室，與酒女幽會神遊……。

認識王君，如果我的記憶沒有減退，總有三十幾年了吧。他不善言辭，有些靦腆；貧窮的家境，陶冶他日後的勤奮；父親的早逝，又得拉拔弟妹，肩挑的重擔，曾經讓他有喘不過氣的感慨。幸好娶到一位賢妻，勤儉持家、教育子女，又以精湛的廚藝，兼營餐館，還清行庫的借貸，蓋了新屋，投資航運與運輸業，因而讓他賺了不少錢，也擠身在董事的行列中。是否因有了錢、有了名，讓他的行為與生活做了九十度的急轉彎，還是被這不良的社會所引誘。錢能解困，也是生活的必須；同樣的，錢能使人墮落，亦可讓人身敗名裂，而色字頭上更有一把看不見的銳劍。這世界上果真有不愛銀子，而投懷送抱的酒女？還是讓他先嚐迷湯的甜頭，迷失了自己而不自知？一位為生活、為養兒育女，在這現實社會打滾多年的老年人，曾經遭受多少工作上的挫折，曾經遭受多少冷酷的譏諷和白眼。而今，雖然事業稍有成就，但只侷限在這塊小小的島嶼，距離「富」字號，還得繞行十萬八千里。而在經濟不景氣、百業蕭條的今天，他所投資的事業已逐漸地亮起紅燈，幾年後又必須汰舊換新，往後的路途更艱辛，並非是他手中的如意算盤。我們也深知，在紅塵中打滾的女子，她們可以不要臉，不能不要錢；以虛偽來掩飾一切，演出那一場場變調的社會劇，抗議政府逼迫她們從良，爭取的是出賣靈肉的工作權；這塊孕育我們成長的淨土，這片歷經砲火煙硝的美麗家園，是否會因社會的變遷，而淪落成一個色情場所。一些沒有出過遠門的憨厚鄉親，禁不起情色的誘惑，第一次為了好玩，為了想見識一下未曾享受過的溫柔鄉，為了親眼目睹遠從異鄉來淘金的神女芳采，三千元有得找，二千九卻是一去不回頭，幾杯黃湯下肚，撲鼻的全是野花香，在胃裡翻攪的是又甜又香、令人神魂顛倒的迷湯，一聲聲嬌羞悅耳的「帥哥」、「王總」、「王董」，已讓他們忘了自己出生的村落和名姓。第二次重臨，再也不必呼朋引伴，羞恥心已遭矇蔽，用美麗的謊言、虛偽的面目，來蒙騙枕邊人，用鴨霸的言辭來教訓子女，講的是四維八德、孔孟老莊，把神女帶回家向老祖宗炫耀，向老婆提出離婚的要求，要與神女廝守終生……。

從解嚴迄今，只不過短短的幾年，社會的丕變竟如此神速，善變的人心竟如此的可怖。朋友雖然尚未達到妻離子散的境界，然而，他已先寬恕了自己，拋開內心裡的罪惡感，在酒女面前是好漢一條，左一聲王總，右一聲王董，讓他心花朵朵開，是否仍能記得今夕是何年，還是錯把孫子當兒子，好讓時光倒轉三十年；倘若錢財已散盡，野花不再飄香，妻離又子散，是否有顏面對古厝裡的列祖列宗？我把所思所想、所見所聞，理性而誠懇地告訴他，雖然人生如戲，戲如人生，酒女的這一招，是江湖上的老套，她是放長線，想釣這條能強身補血的「淡水鰻」。今天，她犧牲小錢，讓你暗爽，明日她將掏出萎縮的奶子，要你喚她娘。朋友，社會是一個染缸，亦是一面明鏡，是否因身陷在那個五顏七色的染缸裡，而無暇照出自己可憎的面目？我們身為人夫、人父，同時走過五十年代艱辛苦楚的農耕歲月，猛烈的砲火未曾動搖我們的求生意志，為什麼竟輕易地迷失在燈紅酒綠中？是中了邪、還是中了蠱？是被色所迷，還是色不迷人人自迷？不必羨慕野花的芳香，不能貪圖帶刺的玫瑰。她對你說過的「良心話」，也曾經對其他恩客傾訴過、承諾過；你所希冀的、要求的，旁人同樣能以金錢來換取。美麗與謊言是她們求生的本能，敢露敢脫換取凱子的銀兩和錢財，而當你的錢財散盡，精神耗弱，喪神失志，她的承諾、她的甜言密語終將化成——

阮愛孫中山，不是老阿伯！

倘若你不覺醒，再繼續纏下去，就等著嚐拳頭吧！

朋友，在我們人生的際遇裡，只見桃花舞春風，何來桃花運？一時的錯誤，將造成終生的遺憾，此時此刻，你已迷失在她的核心，不是邊緣；如果你缺少一面明鏡，浯鄉清澈的池水，亦能反映你敦厚樸實的面孔：知足、知恥是我們邁向人生路途的不二指標。這世界沒有僥倖，靠的是自己的努力和奮鬥；歡場中的女子，更不可迷戀。她能讓你身敗名裂、家破人亡，倘若年紀相當，沒有家室的牽絆，男歡女又愛，能遠離聲色場所，同甘共苦，創造一個美滿的家庭，我們不但樂觀其成，也會以虔誠之心來祝福。而你今天是背叛家庭、違背良心、偷偷摸摸來演這齣戲；雖然戲已開鑼，但獲得的不是觀眾的掌聲，而是噓聲。如果能洗掉虛偽的粉臉，呈現原貌，踏穩腳步，走下臺階，在回家的小徑上，看看四周的田野，緬懷一下艱辛苦楚的農耕歲月，回到以勞力和汗水興建的家園；妻雖不施脂粉，沒有野花香，卻有窩心的油煙味，佝僂的身影是生活重擔所逼迫。如果她不分擔你的辛勞，你永遠只停留在昨日的時光裡。虛偽浮華的外表，禁不起歲月的考驗，美麗真實的心靈，才是我們所追求的。

朋友，橫生的皺紋亦非與生俱來，父母曾經賜予我們一張俊逸的臉，奈何歲月不饒人……。然而，在未來的時光歲月裡，必須珍惜目前所擁有的一切，不受現實環境所誘惑，遠離聲色場所，以家庭事業為重，寧被喚做「大條」和「二呆」，也不以「王總」、「王董」為榮……。

屋外風雨依舊，路上行人已稀，朋友的臉色恰似昏暗的大地、陰霾的天氣。我無懼於他的變臉，卻慶幸先變了天；如果沒有這場風雨，他不會蒞臨新市里，原以為我會為他加點油，想不到已先淋了雨，火氣從他心中升，我已備好滅火器；倘若雙耳失聰，聽不進朋友的忠言；雙眼老花，認不清這個世界：又何必投胎轉世到人間……。

一九九九年三月作品

拴在欄裡的老牛

孩子正在翻閱一本叫《星座ＥＱ》的命理書籍，突然天真無邪地問我是什麼星座？我不加思索地說：

——老牛座。

她開懷大笑地告訴我，在十二星肖裡，只有金牛座，沒有老牛座；是我真不懂呢？還是水仙不開花——裝蒜！

牛一直是我們農家的朋友，也是萬物之靈的奴隸。牠為我們耕田拖肥，然若放慢了腳步，偷吃了田裡的作物，還會遭受人們無情的鞭打和凌虐。聰明的人類為了駕馭牠龐大的身軀，就以竹筷般粗的鐵條，磨銳一邊再貫穿牠敏感而軟弱的鼻子，綁上繩索；往左向右全由人們手中的繩索來掌控。當牠犁完田耕完地，被橛在一方小小的青草地上，嘴裡啃食著青草，碩大的頭腦，是否能領悟到自由的可貴？還是甘心鼻穿「牛楨」，讓人們牽栓一生。而人類呢？擎舉著自由的火炬，期待著自由、追尋著自由；誠然自由的定義很廣泛、意義很明確：被關在牢獄裡的犯人，深鎖在鐵幕裡的同胞，都是失去自由的人。但一位為了家的牽絆、生活的壓抑，經年累月在一方小小的天地裡，以微弱的體力，換取日常生活必須的老年人，他是人呢？還是一頭出賣勞力又失去自由的老牛？

牛只是失去不能在原野奔馳的自由，卻不受生活的牽絆；清晨由人們放牧，把牠栫在草埔上，晚間拴在牛欄裡，反芻胃囊裡的青草，雖然在春耕時，累得喘不過氣，秋收後又得準備犁田拖肥，但只不過是季節性的勞碌。然而，一位在茫茫人海裡討生活的老年人，歷經苦難的歲月和滄桑，嚐盡人世間的冷暖和白眼，是為五斗米，還是滿懷的抱負和理想尚未兌現？果若是當一天和尚敲一天鐘，他顫抖的手，已擊不出幽揚柔美的聲韻，口中已唸不出一句句南無阿彌陀佛；果是有未完的心願，卻是過著行屍走肉般的生活、漂浮不定的魂魄，空虛的心靈，過目即忘的書卷，已失去昔日耀眼的鋒芒。歲月也由繁華歸向平淡，生命中的春花猶如西下的黃昏落日，只有黑暗，不再光明。苟延殘喘地活著，彷若是一頭步履蹣跚、拉不動「軋車」的老牛；在長鞭的揮拍下，不得不一步步地走向田地的盡頭……。

誠然，在這方小小的天地裡失去自由，耗掉永不回頭的青春歲月，心中只有悲傷、沒有燦然。「為誰辛苦為誰忙」這句不太貼切的話，經常在內心裡激盪著；人是因自己而存在，還是為旁人而活？始終是一則難解的謎題。無意義地求生，冀望死又不能，人因喪神而矛盾，豈能強展歡顏。來生是被牽栓的牛馬，還是飛翔在天際的鳥雀？當思維停滯在悲觀的地窖裡，探索的又是一個虛無飄渺的問題。結論總像西邊的雲彩，只是霎那，不是永恆。

牛有碩大的頭腦，簡單的思維。然而，一旦激怒了牠，脾氣一發，卻不可收拾；人有靈敏的身軀和頭腦，性情卻因人而異，再好的修養，其忍耐度亦有限。當他如牛如馬般地被栓在一方小天地裡，微弱的燈光，照在失血的臉龐，滿室塵埃與冷寂，寄生在時光的洪流裡，任由它輾轉腐蝕，奪去璀璨的光環。是否後悔來到這個世界，在陰暗的角落裡磨蹭？還是能走出心中這片陰霾，在驕陽下漫遊。然而，多數人被屈服於命運；只有今天，沒有未來。一生追尋著看不見、帶不走的虛名和錢財，以一個牛腦不如的大頭殼，掩飾滿身的罪惡，以銅鈴般的牛眼看人生，自身慶幸活在這方沒有自由的天地裡，與現實的社會保持距離；不與鼠輩同流合污、不向權勢哈腰低頭。倘若有牛兒般龐大的軀體，血絲滿佈的大腦袋，奔馳在原野草原上，不食人間煙火，只聞黃土地上的青草香，不爭權奪利，只以勞力換取雜糧和青草；誠然讓人牽拴一生，任雨淋日曬、任蒼蠅蚊蟲叮咬，總比置身在險惡奸詐的人世間好。然而，此生已無所替代和更改，只有認命地在茫茫人海裡漂浮；如果能就此歇下逐漸疏鬆的雙腳，滋生的銀髮取代腐蝕的腦細胞，思維不再是空白一片，是否仍能寫出內心裡、心靈上不朽的篇章？還是心中的墨水已涸，湧不出文思和清泉；該向世人宣告，一生追尋探索的文學生命已死亡，不久將進入一個陰森可怖的隧道裡，好讓旁人心生同情和憐憫。

文人有傲人的風骨；假文人則虛偽懦弱。一位被栓在牛欄裡，長期忍受著孤獨與寂寞的老人，他何嘗不冀求屋外的陽光。當皎潔的明月升起，繁星在夜空中閃爍，大地上的蟲聲和蛙鳴，果能激發他生命中的潛能，讓死亡的文學生命重獲新生，用筆尖沾著鮮血，揭穿人世間的虛偽和假面，以及人性奸詐醜惡的面目；倘若能如人所願，失去自由又何憾！情願被栓在這方小小的天地，忍受心靈與肉體的雙重苦難，喚醒迷失的靈魂，把善良敦厚、純樸清新的原來面目，回歸到愛的世界裡。讓祥和溫馨的社會，在豔陽的映照下，綻放出一朵朵永不凋謝的春花，讓浯鄉的子民，在遠離怵目驚心的砲火煙硝、割捨戒嚴軍管的臍帶下，免再生活於冰冷酷寒的嚴冬裡……。

一九九九年元月作品

星光閃爍

九八年歲末的一個晌午，我接到臺北雨辰書報社洪經理的電話，他告訴我：當前玉女紅星天心準備在金門舉辦簽名會。經過事前在金門的調查和評估，認為我經營的書店，是他們心目中理想的地方；騎樓左側是翠綠盎然、主幹已攀上二樓的萬年青，越過馬路是高大挺拔、枯葉綠枝的木棉樹，還有一片寬廣的露天場地。當寒冬的驕陽穿過藍天白雲處，巨星輻射的光芒，將是雪地上的一道暖流，流遍戍守前線的遊子心靈。我這方小而不起眼的店面，經營者又是一位「狗怪」、「賭閉」、不易溝通、老而不上道的糟老頭，竟能雀屏中選。是幸？還是不幸？我內心無悲亦無喜，以一顆平常心，與出版《天心寫真集》的勇士公司、經銷的雨辰書報社，多方的連繫，冀望能把這場空前的簽名會辦得盡善盡美，讓解嚴後經濟不景氣、百業又蕭條的新市街道，熔入一絲熱絡的氣息。

《天心寫真集》自出版以來，書市上一直處於供不應求的熱賣中，十萬本的銷售量，讓天心、勇士和雨辰同時名利雙收。而在這個偏遠的小島嶼，它能發燒到幾度，一小時的簽名會能賣上幾本？依我多年的商場經驗，以及消費群眾水平的差異，我曾私下告訴洪經理，這將是一場叫好不叫座、看明星、湊熱鬧比看書、買書多出百倍的「成功」簽名會。他以疑惑的口吻告訴我：在臺北的簽名會，二小時賣掉二仟多本，簡直讓天心簽酸了手臂。我默默地沒有做更多的分析和辯解，或許我大膽的假設，錯估了天心的魅力，以及男人夢想解讀她身體的密碼。

從媒體的訪問和報導中，我們知道，天心十歲即在蘭陽舞蹈團習舞，十七歲尚在華岡藝校求學時，就出了第一張唱片，拍過廣告，主持過節目。除了有清新的形象、亮麗的外表、勻稱的身材，那傲人姿態更讓男人夢想、女人嫉羨；市面上一些不入流的寫真集，是仰賴露三點來吸引讀者，而她三點不露，只憑藉著天生的麗質，在攝影師、設計師共同的參與下，拍攝出一幀幀只能夢想，不含色情的畫面。當然，每個人對賞美的角度、藝術與色情的分界，都有不同的解讀和認定。

當我翻開寫真集，首先映入眼簾的，該是她那清純的形象、甜甜的笑靨，並非是三十二Ｆ的大胸圍。然而，在這場簽名會尚未舉辦前，已陸續賣了不少本，也聽到正反二面的批評，贊美的、恭維的有之，有些則因見不到露三點而大失所望。人總是因神秘而好奇，愈看不到的愈想看，倘若個個都仿原始人坦胸露背、赤裸身軀，那份神秘也就消失殆盡，誰還會去欣賞那對垂在肚臍上的大乳房。時下的青少年，他們心中的偶像已不是古代的英雄俠客，而是明星：是球場上的帥哥、是舞臺上的美女、是大胸脯翹屁股的波霸，除此之外，並不能說出一套令人信服的崇拜理由，只是一窩蜂地隨著旁人起舞。

天心以柔美的歌喉、清新的形象，參加過不少次的勞軍活動，也獲得「軍中情人」的美譽。此次拍攝的寫真集，雖然不露三點，然畢竟輕解了衣裳，露出了雪白的肌膚，讓多少男人因此能解讀她身體的密碼、讓多少少女羨慕她傲人的姿色。當我張貼出海報，寫了二句很感性的廣告辭——

男人夢想——解讀天心身體的密碼

女人嫉羨——天心傲人的姿態

所有的路客幾乎都會停下腳步，看看那張含情脈脈、外套敞開、雙峰微露、乳溝分明的彩色海報。而那對亮晶晶的丹鳳眼、高挺的鼻樑、上了口紅的薄唇小嘴，印在雪白銅版紙上的美麗倩影，似乎找不出任何的缺點。如果人不再虛偽，願意把真實的面目顯露出來，她豈只讓人夢想，以想入非非這句庸俗的成語來比喻更恰當。這也是人性內心自然的反映，除了遁入空門的佛學家，以及披著虛偽外衣的夫子們，自恃清高的政客，其他的凡夫俗子要食也要性。

距離天心蒞臨的時間不久，店外的騎樓兩側，劃了紅線的街道旁，對面的木棉樹下，已擠滿了人潮，穿迷彩服的軍中朋友。高中、高職、國中、國小的同學，四面八方慕名而來的紅男綠女，拄著拐杖的高齡阿婆、尚未就學的孩童們竟也穿梭人群中；電視臺、各大報社的攝影記者，駐金特派員也相繼地在場等候。他們將獵取最美的鏡頭，以生花妙筆的特稿，向讀者們做最詳細的報導。當木棉樹下的鞭炮聲響起，天心以輕盈的腳步，踏上新市里的土地，一襲黑色的禮服，端莊婉約的儀態、高尚的氣質，新市里不是星光閃爍，而是一地燦爛的金光，人群中的掌聲、歡呼聲，已蓋過將燃盡的鞭炮聲，觀眾也由外圍向內圈擁擠，身高體壯的安全人員，張開有力的手臂，依然擋不住熱情有勁，前擠後推，想親眼目睹天心芳澤的觀眾。從下車的木棉樹下，到簽名會場，幾步路的行程，卻彷若悠悠人生路，走了好久才抵達。隨即又被媒體記者所包圍，電視記者的現場訪問、攝影記者猛按快門，勇士公司的林小姐站在椅上，麥克風的音量蓋不過觀眾的鼓噪聲，說了好幾遍簽名會馬上開始，請遵守秩序，然而現場一片紛亂，幾乎把簽名桌也推翻。從黃海路與復興路的交叉口，一直延伸到左側的木棉道上，百頭鑽動的人潮，彷彿是六十年代星期假日，電影院散場時的情景重現。在駐軍減少，人口外流的此時，的確是一個難見的場面。然而，她只能帶來熱絡的街景，並不能帶動商業生機。當簽名會結束，星光不再閃爍，新市街頭又將恢復往日的寧靜與蕭條。

在人潮不斷的擁擠下，為了天心的安全，簽名暫時停止，天心也由另一位隨行女士陪同，暫時在不能營業的店中休息，小女兒卻趁機與她交談，拿出海報請她簽名。從她平易近人的言談舉止，讓我們嗅不出一點大明星的架子味，她的成功相信不是只憑藉著三十二F的大胸圍，而是脫俗的內涵和氣質，清新的形象和甜美的歌喉所組成。

經過研商，決定把簽名會移到新市廣場臨時搭建的舞臺，寒風雖刺骨，相信熱情的觀眾能溫暖著天心的心。林小姐又高高地站在椅子上宣佈，觀眾則睜大眼睛，疑惑地望著在店中盤桓的天心，期望她走出來，好讓他們看個仔細，如能輕握她那纖纖玉手，就好比幸運之神的到來；如能獲得她深情地一笑，被擠彎了腰也甘心。然而，眼見前門已被人潮所阻，必須經由後門始能脫困，我引導她們在店後一間別緻的小房間停下，這兒供奉「司命灶君」，油煙味取代她身上散發的高級化妝品味，背靠著「年年有魚」的冰箱，坐在冷冷的板凳上，輕嚐我為她們沖泡的熱茶，享受片刻沒有噪音和掌聲的寧靜。這方窄小的空間，雖髒又亂，卻是我接待友人的地方，許多朋友都曾經在這兒喝水聊天過；名作家陳映真也曾經是這兒的座上賓，今天多了一位紅星，是否能讓這方沾滿油污的壁上生輝，讓星光在這暗淡的房間閃爍。

禮貌地交談後，她並不因店外仰慕她而來的人潮而自滿，仍然誠懇地、關心地問起寫真集在地區的銷售狀況。我不善於欺人，亦不刻意地隱瞞，坦誠地告訴她，金門地方小，看熱鬧的比買書的人多，她含笑地點點頭，並無不悅的表情，與其他時閃時滅、善變的小星星，是有一段很長的差距。人的缺點，是喜歡聆聽美麗的謊言，接受虛偽的奉承和掌聲，短暫的交談，筆尖雖不能深入她的內心世界，但她的臉龐卻始終浮現出一份純真，而不是濃妝下的虛偽；滿懷的自信，不是空有的僥倖。

工作人員搬離了桌椅，人潮也開始移往廣場，政客的政見發表會、野臺戲的鑼聲、年節的醒獅舞龍，遠不及一位青年朋友喜愛的明星簽名會。如果不商請警方來維持秩序，這個臨時搭建的棚子，也會被熱情的觀眾擠垮。而實際上帶著寫真集上臺簽名者並不多，圍著舞臺想看天心三眼五眼、十眼百眼的卻是難以估計，他們已沐浴在明星輻射的光環裡而不能自拔，或許還要目送她向新市里道聲再見，才願意走離。

此時，新市廣場寒風颼颼，冬陽始終躲在雲層堆裡不願露臉，木棉的枯葉落了一地，微黃的則在枝椏上飄盪，時光即將回到時序的原點。天心已起身，帶走的不是新市天空裡的雲彩，額上滴落的也非古井裡的冷泉。她的一襲薄衣，竟能溫暖著上百成千的遊子心靈。當新市里的星光不再閃爍，蕭條的街景讓人心寒，何日能遠離低迷的氣息，重燃生機，並不能只靠天邊的一顆星，地上的一片雲，該去追尋雲層堆裡的陽光，才能倍加光明。

一九九九年元月作品

鳳凰于飛上枝頭

迎著大肚山溫煦的和風，頂著金光閃爍的豔麗驕陽。東海大學朱紅的圍籬，墨綠的林木，已逐漸地從後視鏡上消失……。

今天是妳邁向人生另一個驛站的開始，同來參加妳婚禮的，不僅是妳雪霜雙鬢的父母，還有八十高齡的老祖母。一個小時的航程，她沒有絲毫倦容，慈祥的容顏，佈滿著祝福的笑靨，額上深深的溝渠，是句句叮嚀和期許。在她心中，兒與孫同在一個平衡點，沒有差別的待遇，沒有老幼之分，愛的光和熱，如同體內循環著的血液，永如溪流般地奔馳。

路過多少街巷，見過多少高樓大廈；寬廣的道路不見青翠的花木，只有紅男綠女穿梭其中。櫥窗裡迷人的樣品，門外誘人的色情廣告，是構成繁華都市的先決條件。歷史上記載的文化古都，高官口中的書香社會、心靈改革，已敵不過刀槍橫行的黑道、金錢與色情的誘惑，而誰是推動這個黑金、色情、暴力社會的魔手，那便是政客；他們打著為民服務的旗幟，以合法掩護非法，為己謀利：養小鬼、包二奶、收回扣、欺良民。西裝、領帶、油頭、紅臉之後，隨即浮現出一幅虛偽醜惡的面目：袋裡的魔手、嘴裡的獠牙，都將俟機現身，讓人間的淨土變成污泥，讓東昇的太陽化成末日。

我們緩緩地步上法院的斜坡，輕盈的腳步，怡悅的心境，異於其他來此的被告或原告。右邊扶疏的草木，牆角下含苞的紅玫瑰，枝葉茂盛的扶桑花，把這方小而肅靜的園地，妝扮成一幅自然幽雅的美景。

北部的親友已先行來到，公證處也擠滿了觀禮的人潮，雖然妳是長女，依世俗必須把妳的婚禮辦得風光、隆重，但身處在這個分秒必爭的工業社會，怎能因妳的婚禮而勞師動眾。因而自始至終，父母都是以低調來面對，不敢冀望親友來參加；而今齊聚一堂的有妳的祖母、外婆、伯叔、姆嬸、姑母、姑丈、舅舅、姨母、姨丈、以及妳的四位妹妹，還有妳的同學和朋友，在同時參加這一波公證結婚的新人中，連同男方親友，我們已坐滿了禮堂右側的座位。在公證人尚未抵達前，在這喜氣洋洋的廳堂中，舅舅為妳錄影，姨丈為妳拍照，他們會把妳此生最美麗的時刻，記錄在生命的扉頁裡。淡淡的粉妝、高雅大方的婚紗禮服，端莊婉約的儀容姿態，父母雖然沒有賜予妳一幅美人胎，但端正的五官，善良的心，遠勝過粉飾的假面。倘若父母與親友不以誠相待，他們焉能只憑著一通簡短的電話，而放棄自身的工作，遠道而來。臉上的笑靨是祝福的象徵，恭喜之聲來自肺腑，我們將同時接受這份喜悅，默記在心頭。

雖然，將陪妳同踏紅毯，面對紅燭的並非是一位人人羡讚的金龜婿，也不是一位夫子般的聖人和理財高手，人與人的相處，夫與妻的結合，用佛家的「緣」字來詮釋，或許較為妥當。他生在南臺灣，妳長在金門島，讓我們更信服歌德的名言：「愛情是可遇而不可求的」。大師的先見之明，隱隱約約地浮現出緣字的輪廓，他是否受到東方道學的影響，還是東西哲理本是一體，端看各家的解說和認定。

人，雖是萬物之靈，然非完人；性情、嗜好，因人而異，優點常加粉飾，缺點不易顯現。如果沒有坦誠的溝通、善意的回應，當愛因日久而不再新鮮，當甜言蜜意因生活的牽絆由濃轉淡，在冷戰中求生存將不能恆久，在彼此猜忌中，生活更無意義。妳們從相識到相愛，雖不是一段很長的時間，然而，卻是從愛的風雨中走過來，忍受著滿地的泥濘和雪霜。這雖是人生中的一小段，如果沒有愛為根基，不能踏穩腳步前行，一旦失足，必是滿身傷痕。

妳曾經說過，妳們的感情沒問題，而是「錢」有問題。錢字談來雖然有點庸俗，但卻是生活上的必須。沒有錢便傻了眼，日常的生活，胸懷的大志都必須仰賴用勞力、用智慧換取而來的金錢來解決，始能克服人生必經的各道關卡：從生死病痛、衣食住行，錢的魅力和重要性，已是生存中，不可缺少的極品。追求錢財亦是人的本性，從男到女，從幼到老，無不見錢眼開：有些因錢反目成仇，有些因錢惹來殺身之禍，有些因錢身敗名裂，有些因錢進了監牢；當然，亦有窮畢生之志的慈善人士，用錢來扶弱濟貧，造橋修路，發揮人世間的慈悲大愛，啟發已遭泯滅的社會良知。我們也深知，正當的錢財獲得不易，累積更難，然而，錢是用來支配日常所需，正當用途，而不是做一名庸俗的守財奴。倘若不懂得運用金錢，而一味地做它的奴隸，金裝銀服、銀筷金碗，亦只不過是現實社會裡的一名蠢材，因而我敢肯定，憑妳倆對工作的熱愛和敬業的精神，每月的薪俸足夠日常生活所需而有餘。人要知足，尤其是凡人，不能有政治家的野心、大財主的霸氣。一個完美的家庭是靠雙方來營造，錢並不能讓人快樂，過多的錢財易使人墮落。孩子，我敢肯定，只要妳量入為出，妥善運用，錢與感情，同樣沒有問題。如果不加思索，一意孤行，問題絕對一籮筐！

公證人已蒞臨這方滿佈紅花和喜氣的禮堂。朱紅的雙喜，輻射出燦爛的光輝，每道耀眼的光芒，彷彿都是無聲的祝福、愛的叮嚀。在七對參加公證結婚的新人中，妳高雅大方的氣質，雪白的婚紗禮服，已蓋過其他便裝的新娘，尤其在這莊嚴神聖的婚禮上，如果不手持鮮花、輕紗曳地，腦海裡怎能浮起一個難忘的記憶，當妳回頭想重披它，已是光環褪盡時。

司儀的聲音，句句動聽、聲聲悅耳，她的一個口令，妳們的一個動作，那不是不實際的海誓山盟、海枯石爛，而是面對著青天大老爺、面對著我們的法律規章，由它來保障妳們的婚姻，獲取合法的夫妻地位。當公證人把證書遞交到妳們手上，也是妳們新生活的開始。曾經在父母眼裡，妳是一隻需要呵護的小鳥，而就在這一霎那，卻能展翅高飛，飛到一個妳們共築的美麗窩巢，裡面有妳們的愛，由愛而衍生幸福，共同釀造一個溫馨美滿的家園。

親友的掌聲和歡笑聲，把妳們緊緊地圍繞在紅毯處，壁上的揚聲器響起輕鬆悅耳的小調，是否在提醒我們婚禮已結束了，該離去了，還有下一波新人等待入堂呢？

門外的廊道是盛開的紅玫瑰，微風吹落了它幾片花瓣，點綴在褐色的土壤上，也讓紅花綠葉與妳白色的婚紗相映輝，然而，我們必須走回它的源頭，不能留戀眼前的花草，讓美好的時光隨風而過。況且，在這條愛的道路上，妳們還有一段長遠的路要走，旅途雖遙，路也崎嶇，但有一雙推動愛情的手，將引導妳們前行；父母將釋下肩頭的重擔，為妳未來的幸福祈禱。

冬陽高掛天際，風涼卻沒有寒意，沒有排場的喜宴，並非表示我們沒有誠意，雙方的至親好友，齊集在旱川西街的「新天地」，老祖母滿佈皺紋的臉龐，遠勝高官巨賈的喜幛，姑姨舅妗、伯叔姆嬸的親臨，勝過百萬的嫁妝，尤其與妳情同姐妹的同學——楊惠芳，專程由臺北來為妳當「證人」。當妳沐浴在愛情中，相信亦能體會到親情和友情的可貴。

今天，依習俗，妳的大舅舅輩份最高，要像老太爺般地「坐大位」，然而，他猶如大管家似地張羅一切，從婚禮中的攝影錄影，到喜宴中的每道菜，他都費盡心思，力求完美，而充當媒婆的小姑姑，更發揮了能言善道、辯才無礙的天賦，無論在婚禮中，喜宴上，都能營造出輕鬆、親切、溫馨、歡樂的氣氛，讓這方小天地中，滿室生輝、沒有冷場。老祖母慈祥的笑靨，彷若春花綻放，她的關懷替代了古老的嚴肅，晚輩的意見以尊重代替嘮叨。雖然我們沒有浮華的排場，但齊集的親友，是老人家唇角那抹滿足、安慰的笑容。

親友按席次就座，喜氣依然佈滿每個人的臉上。妳二妹率同研究所的同學，手抱吉他和歌譜，而在尚未為妳獻唱祝福歌曲時，突然捧出二束鮮花，一束讓妳獻給生妳撫妳的母親，一束獻給協助父母幫妳拉拔長大的大姑姑：當妳們相擁而泣的那刻，全場響起熱烈的掌聲，淚珠也在我眼裡蠕動，是否父母的年老而讓妳們成長，還是感恩的心在妳們體內滋長？不管它基於什麼理由，我們不能否定這份源自傳統，出自誠心的事實：一束鮮花，代表萬千敬意。在妳的大喜之日，更有不凡的意義。妳懷著一份興奮的心步入禮堂，卻無忘慈恩的存在，誰不因此而動容！且讓喜悅的淚水注滿這小小的酒杯，乾了它吧，孩子——

為妳有一個幸福美滿的歸宿而乾杯！

當妳妹妹的同學輕撥著吉他的琴弦，祝福的歌聲也同時繚繞在耳際，妹妹們齊聲合唱，唱出無所取代的姊妹深情。在家中雖然也吵吵鬧鬧過，一旦出外，一旦遠離家門，親情如海深，將永遠銘刻在妳們的內心裡。只因為妳們的血液和髮膚，來自相同的父母系，果若姊妹間情淡義薄，便是家教失敗。因而，妳們姐妹的感情是自然地流露，並非在親友面前故作姿態，真與實亦能凸顯出高貴華麗的生命，願妳們能珍惜這份情緣，直到永遠。

喜宴在歡樂、和諧、賓主盡歡的氣氛下進行，妳大姨丈突然站起，要我說幾句話。然而，除了感謝，再感謝，我能說什麼？如果內心有所感，那便是這易逝的時光。廿八年前，認識妳母親時，她剛由北商畢業，在那個年代，她可以順利地找到一個「代課老師」的職位，而後尋機再保送「特師科」就讀，取得正式教師的資格。但她沒有步入這個神聖高尚、為人師表的路途，而是進入妳外祖父參與籌設的「金城信用合作社」，從基本的練習生做起，每月薪給一千元。那時，我是軍中的一名聘員，貧窮的家境，讓我失學，最高學歷是初中一年級。妳外祖父曾經經營「金門客運公司」、「新成布莊」，以及許多社團的「委員」和「理事」；而妳的祖父卻是耕耘著幾畝旱田的老農夫。當然，這門親事是門不當戶不對，但我們還是用恆心、用毅力來克服每道阻礙我們邁向幸福人生的關卡。

那年初冬，一輛四分之三的軍用吉普車，載著樂隊，尾隨著二部計程車，載著新郎和儐相，把妳母親迎到一個沒有電燈、沒有自來水，沙礫土路、交通不便的小農村。我們踩著鞋跟下沉的沙地，到家廟、到昭靈宮、在前廳、在古厝，叩拜祖先。臨近中午，向軍方商借的大卡車則從西園、官澳、浯坑、田墩、沙美、東珩、東村、復國墩……載來我們的親友。古厝的大廳擺著四張八仙桌，院子裡是「管贊」的「菜鋪」，炸「雞卷」的油香，炕「方肉」的五香八角香，借來的大碗大盤堆放在菜鋪旁，厝邊頭尾來幫忙的嬸姆忙進忙出。培伯仔，培姆仔，培叔公，培嬸婆娶媳婦，請全鄉里大家緊來坐桌。老一輩的嬸婆姆婆勿忘把一塊揉皺的手帕，放在坐椅的空隙處，夾一塊肉、夾一塊魚、夾一塊禮餅，包回家給孫子們吃。

由於交通的不便，妳母親就住在金城娘家，以便就近上班。我與婚前一樣，住在太武山谷潮濕陰沈的坑道裡；星期六，我們在山外車站相互等候，一齊回家。純樸寂靜的農村，古老的屋宇，豬欄裡見人雀躍的豬隻，牛欄裡辛勤耕耘的老黃牛，田裡的花生、豌豆、蕃薯、芋仔，菜園裡的菜頭、高麗菜，小罈裡的菜脯，大缸裡的蕃薯簽、蕃脯糊，蓋著破棉被，等待「生菇」、「發綠」的豆豉脯，而讓蟲兒遊移過的豆豉，再加點「土仁夫」，配些蔥、蒜。「豆仁夫煮豆豉」的美味，「豆豉無蟲世間無人」的俗語，我們都品嚐過、聽過。

阿公常會把較笨重的農事，留在星期假日，因為假日多了幫手，妳母親也不例外，依然擔過種子和肥料，扛過犁，牽過牛，捲起褲管下田、播種、除草；苦難的歲月一路走來，且也因時光的流逝而迴轉。妳生在一個不一樣的年代，從成長、受教育，從住的環境，生活品質，都做了極大的轉變和改善；唯一遺憾的是妳以極微的分數，以及沒把志願填好而錯失了上大學的機會。而大學只不過多受四年學校教育、多了一張文憑而已。以妳多年的歷練和自修，所學的是高等學府從未開過的課程——為人處世之道。思想的成熟，讓妳分明是非、明辨真偽；自學與自修，讓妳的學養更專精、更踏實。那張不實際的文憑，豈能讓妳未卜先知、永遠博學；妳的父親只有一張油印的初中肄業證明，他曾經面對著無數梅花和將星，他曾經在報上發表過數十萬字的文學作品，長官從未因他沒有高學歷而否定他的工作績效，主編從未因他沒有高學歷而否定他的作品。倘若他空有高學歷，而不用功不力求上進，是否能擠身在這個現實的社會？或許他要的永遠是一齣極易讓人拆穿的假把戲，沒有真材實料可言。高學歷亦非代表著高尚的人格，好高騖遠、虛偽浮華，更是人的致命傷；如果踏穩腳步，安分又知足，幸福永遠屬於妳們的。

此刻，我輕啜了一口由浯鄉帶來的高粱酒，依它出品的年份，這是一瓶陳年又陳年的美酒。然而，再香再醇的酒，依然苦口，是否真能先苦後甘，苦中有樂？這是一門高深莫測的學問，只有讀過人間書，上過社會大學，心靈肉體承受過苦難的人，始能理解。

在妳大喜之日，在這喜氣洋洋、歡樂滿堂的喜宴上，老爸熾熱的雙頰，脹紅的臉；今天，如果醉在女兒的喜宴上，絕不會讓人笑稱為酒鬼，我也不願自封為酒仙；人生難得幾回醉，我是否該站起，先敬八十歲的老母，再與親朋好友乾一杯……。

椰奶冰淇淋已上桌，也是喜宴的尾聲，依情依理，今天我們參加的應是男方的歡宴，然而，願與人違；如果過於計較世俗事，心胸永遠不會開朗。雖然我們沒有一擲千金不皺眉的家境，但我們都明白，金錢不能換取幸福，更不能帶來滿堂的歡樂和喜氣。付出並不是失去，或許獲得的會更多。當然，那是不能用勢利的眼光來計算，用世俗的容器來斗量。孩子，只要妳幸福美滿，平安快樂，再大的付出和奉獻，父母豈能吝嗇，更無從計較起，這也是我們金門人厚實的一面，絕不是向現實低頭和遷就，相信妳會引以為榮的。

親友陸續起身緩步，再美、再溫馨、再豐盛的筵席，終究要散場。新天地門口車水馬龍依舊，對面乾沽的河床是否就是「旱川」的由來，不必考證，毋須留戀。辦完妳的喜事，歸鄉的時辰就在明日太陽東昇時，異鄉將是妳永恆的居住地，也是妳為人妻為人媳的開始。父女情深，永在回憶中浮動。依依不捨的離情，將化成萬千的祝福，願你們在愛的路途上，能像鳥兒般輕盈地，飛上燦爛幸福的枝頭……。

一九九九年八月作品

清明

時序的運轉，節令的更迭，仿若人生歲月裡的走馬燈，轉完一圈又一圈。

珠山燈節的鑼鼓聲，依稀還在耳際繚繞，二月初二剛拜過土地公，十七的齋日也拈了清香。今年的清明節，似乎來得特別早，年邁的老母親已準備了好幾晝夜，炊「碰粿」、砌「七餅菜」，托人買香燭、金銀紙、墓紙，忙得團團轉。雖然明知供桌上的神主牌位，不會吃掉什麼，然母親除了年節必備的大副「三牲」外，親自烹飪的菜餚，用大盆大盤盛裝，擺滿八仙桌，地上堆放的金銀紙錢，與八仙桌齊高，雖是難以計算的千金百銀，卻也是以虔誠之心，來緬懷、來紀念曾經為這個家族勞心勞力的列祖列宗。當紙錢燃成灰燼，是否我們的心願已了，當香爐裡的清煙，燭台上的紅燭，不再淚流和繚繞，先人是否能感應到我們膜拜時的禱詞？果若桌上的牌位真有神魂的存在，則請賜福予我八十二高齡的老母親，她始終以最虔誠的心，身體力行，任憑是窮途潦倒、被凍死在「西溪仔口」的「破燈火叔公」，以及房地被人侵佔、神主牌位則由我們供奉的「鮮叔公仔」。每到年節，她會單獨為他們準備祭品，一碗碗擺滿「吊籃」，有時還必須找空隙重疊，才能容下十來碗的菜餚。如果以現實的眼光來看待往生者，破燈火叔公沒有留下一磚一瓦，所有的喪葬事宜均由父親料理；鮮叔公仔留下的「戶龍厝」，從我懂事來以來，均由「虎母快仔」居住，那時的戶政地籍均未建立完整的資料和權狀，虎母快仔亡故，則由她的堂侄堆放柴草和拴牛，理應由我們管理使用的戶龍厝，則變成虎母快仔的堂侄來繼承；鮮叔公仔的神主應該移到他們家供奉，找他們「吃」。然而，母親從未有如此的見識和怨言，公道自在人心，田園厝宅各人的各人好，神明就在我們的頭殼頂；而今，鮮叔公仔遺留下的戶龍厝，使用者並沒有加以維修，厝頂的大樑已遭白蟻啃食而折斷，瓦片磚頭、紅赤土散落一地，只留下一道石牆，以及外牆上用水泥雕刻的五個大字——

蔣總統萬歲！

在戒嚴時期，這是一句多麼華麗的標語。然而，不管是偉人或凡人，能活百歲已不易，何德何能，能萬歲、萬歲，萬萬歲！就好像這古老的屋宇，總有倒塌的一天，曾經居住過的虎母快仔，亦有死亡的一日。人生又有什麼可計較的！假如真能萬歲，最後終將化為塵埃，回歸泥土。倘若侵佔了往生者的田園厝宅，是否會受到懲罰和報應，或許這些都是不實際又不易顯現的玩意，但我們總得遵循善惡分明的古訓：強佔先人的田園厝宅乃天地所不容，使用厝宅而不加以維修，任其倒塌荒廢，更是惡名昭彰。如果有一天，諸事不順遂、身體欠安、雞犬又不寧，卜來的卦是「厝主來討食」，屆時，他能心安嗎？儘管科學再昌明，社會再進步，冤有頭債有主，人、鬼、神，都不能否定這句話。

自從父親往生後，每逢清明祭完祖，我們會帶上香燭、紙錢、墓紙、水果，以及老人家生前最喜愛的高粱酒，來到這方人工刻意修飾的公墓。這裡沒有個人的風水，倒像是一個想來又不敢來的夜總會。左右兩側是青翠的林木，背後是軍營陣地，而面對的卻是浯鄉巨巖重疊的太武山峰，能長眠在這塊仙山聖地裡，是前世修來的福份，還是今世積了陰德？然而這方幽雅的小天地，已無容身之處，是否能在另一個山頭闢建新的棲身之所？還是要讓屍首暴露在這荒山野地裡，任風吹日曬、任那屍水泊泊地向東流。

我們把「紅錢」交叉成三，用石塊壓在父親的墓碑上，擦拭塋前的墓桌，插上了花，擺滿了酒杯，點上燭，拈香下跪，面對生我、育我的父親瓷像，清晰的音容、敦厚的臉龐，永遠不會從我腦中消失。

插上香，為老人家斟上一巡酒，就請慢嚐吧，阿爸。雖然酒是您生前的最愛，往生後是否依然如此呢？果真，為您準備的酒或許早已喝完，您帶去的、以及年節忌日燒給您的金銀紙錢，是否能讓您痛快暢飲，還是得像五十年代貧窮的家境，要用賒欠來解癮？三千多個日子，十個春夏和秋冬，人間遙望著天堂，永恆的懷念，是不變的父子深情。老爸，我再為您斟上一巡酒，沉香也只燃了一小節，時間還早，請慢嚐，不要急飲。雖然沒有為您準備下酒的好菜，但您飲一口酒、吸一口煙，已習以為常，這或許是所謂乾喝吧！而當您吞下一口口的烈酒，就啃幾口蘋果，潤潤喉吧！想當年，隨您在烈日下耕作，我們經常以生的紅心番薯來解渴、來充飢；當那清脆的聲音在齒間響起，甜甜的紅心番薯吞下肚，比起您塋前的紅蘋果、香吉士、紫葡萄，有過之而無不及。但此刻卻不能用那廉價的番薯來祭拜您，誠然，它曾經是我們貧苦農家的主食，也始終沒有忘記是吃番薯長大的，滿身散發著番薯味，竟連臉龐也貼上番薯的標籤。而今，無憾是榮耀的象徵，只是當年與您同耕耘的番薯田已成草埔。何日父子能重墾，撒上番薯股，植下我們心中永遠青蒼翠綠的番薯苗，或許是來生，而不是現在。

塋前的沉香傾斜著，灰燼散落在供品上，為您斟上三巡酒，再把金銀紙錢燒給您。八十加侖的大油桶，替代金爐，容納難以計數的紙錢灰燼，高溫的烘烤，風雨的腐蝕，已鏽了的表層，將隨著清明的逝去而剝離。而當年母親親手為您穿上的長袍馬掛、布底鞋是否完好如初，靈身是否完美無恙？雖然父子近在咫尺，您卻在地裡長眠，獨留我在地上凝望！何日始能望穿覆蓋您的層層泥土？是在明年的清明時分，還是未來的光陰裡？

紙錢的灰燼隨風飄起，金銀箔紙有火光閃爍，三巡過後，我不再為您斟酒，您有獨飲的雅興，不必留我再相陪。當明年春花開滿園籬旁，草地青翠如絨毯，不管是烈日當空或細雨霏霏，為您拈香斟酒、焚燒紙錢，是無怨無悔永不改變的心志。或許有一天，我亦將成為這方地域的一分子，父子雖然不能相依相靠，但早晚晨昏我們將在這方幽靜的野地裡神遊。春天蒔花、秋天看落葉、冬天是品酒的季節。而您大厝裡貯存的陳年老酒，是否能讓我們冰冷的身軀，有一絲暖意，是能？或許不能？是不能？或許能？這總是虛擬的假設和幻想，終究要歸零、歸向虛無、歸向一個有生亦有死的現實世界……。

從未謀面的阿嬤，在父親七歲時就已去世。或許父親的腦海裡，也沒有阿嬤的影像，何況我是父親所生。僅知道阿嬤是葬在「牛車路」左側的一個小山坡，塋前是一條天然的小溝渠，長滿著頑強的「苦螺根」，還有一株花開在五月的「刺仔花」。翠綠的刺仔花，帶刺的籐蔓，緊緊地貼地衍生，小小的白花清香撲鼻，它陪著早逝的阿嬤，在這黃土覆蓋的塋上，歷經日侵匪亂的苦難歲月。然而，「歷經」並非「承受」，歲月只讓靈身化成白骨，一切的災難，父親歷經過，也承受過；只是沒有享受到解嚴後，安和樂利的富裕生活，又回歸到貧窮。倘若有一天，他們母子在天堂上相遇，是否能迸發出一道母愛的光芒，還是形同陌路人？有關阿公阿嬤的種種，父親在世時，從未談起，我們亦未曾關懷詢問過，或許三歲喪父、七歲喪母由阿祖撫養長大的父親，腦海裡已沒有昔日的回憶和記憶。對自己父母的影像更是模糊，因而無從談起。唯一向我們誇耀的是他十三歲已能獨當一面，從事農耕工作：犁田、擔粗、佈芋、撖番薯、種露稅、劆海肥，與阿祖相依為命，其他就未曾聽說過什麼了。

阿嬤的塋後是一片濃密的相思林，左右兩側也有稀疏的幾株朴樹和苦楝樹，塋上雜草叢生，如果沒有那株刺仔花做指標，想尋塋掃墓，有時還得費一番工夫。每年，我都是用鋤頭鋤掉塋上的雜草，再把周圍的沙土，一鋤鋤地覆蓋在塋上，讓它成一個橢圓形的墓體。然而，一經雨水的沖刷，年年都成為野草繁衍的平地。

那年，時為行政院長的郝柏村，一聲令下，要把這片天然的坡地闢成一處休閒的楓香林區。動用無數兵員，日夜幹工，砍掉五十年代為防風防沙而植的木麻黃，依高低凹凸的地形，挖坑整地、剷除野草，除了留下少許的野生林木外，整個山區遍植楓樹。母親深恐阿嬤的墓地也受到波及，要我趕緊上山察看。那時尚未解嚴，防區司令官的命令就像是皇帝的聖旨，在你老祖宗的墳上種樹，你又能怎樣？經常的，我們可見到阿兵哥挖壕溝、築碉堡，挖到的「皇金白骨」，照樣地讓它暴露在陽光下，身為他們的後裔，你又能怎樣？我在阿嬤的塋前轉了一圈，二條槓、三朵花的官階，我看多了，不想央求他們，也不想與他們爭論和辯解，霸權是不可理喻的，講的是利害關係，不問青紅皂白。我回家稟告母親詳情，並用厚紙板寫下：「陳家祖塋，請保持完整」，放在那叢茂盛的刺仔花上面，如果人性尚未泯滅，總不致於挖人祖墳來植樹。

經過數十晝夜的趕工，除了移植數以千計的楓樹外，又築了歇腳亭，健康步道、拱橋，還剷平了以前的「囝仔墓」做為停車場，立下一個叫「千楓園」的石碑。把這片原先雜亂陰沈的牛車路，提昇到一個清新幽雅的休閒處；多少遊客徜徉在這片青蒼翠綠的美景裡。春天滿山遍野的花香，原始林木裡的鳥鳴；夏天的蟬聲、蛙叫；秋天火紅的楓葉滿地飄，好一個美麗的千楓園，阿嬤能長眠在這裡，何嘗不是一種福份。

然而，青山依舊，好景卻不常，隨著戰地政務的解除，它成為一個沒有主子的棄嬰，軍方已不再協助維護和管理，民選的高官、委員和代表們，只修飾自己的門面，以及日日夜夜為人民「打拼」和「服務」、為錢「辛苦」為錢「忙」，從未聽過他們為這方幽美的林區指示和質詢過什麼，任其荒廢：鵝卵石舖成的健康步道已被兩旁的雜草包圍、拱橋的欄干已斷了好幾節、歇腳亭已成了陰沈的孤魂野鬼亭、設計精巧的垃圾桶腳已朝天、半人高的野草籐蔓讓尚未長成的楓樹難見天日、蟲絲纏著楓葉，除了新芽初萌的芯蕊，難見沒被蟲啃的葉片。美麗的楓香林區啊！妳為什麼不憤怒，而在此築塋蟄居的先人，不管是壽終正寢、蒙主恩召、或英年早逝、駕鶴西歸，你們為什麼不抗議？為什麼不找那些擎舉著為民服務、為民打拼、騙取鄉親選票，把鄉親父老當成傻瓜和大條的官員和民代算總帳、把老毛那套把戲學來，把這些騙子敗類、假社會人士鬥垮、鬥臭，還給我們一個自然、幽美的林區。

撫養父親長大成人的阿祖，她是在一九四九年以九〇高齡仙逝。那時，父親二十六歲，母親三十一歲，我三歲。因而，阿祖的音容在我腦海裡是一片空白。記憶裡也沒有她老人家的影像。從小到大，最親近的長輩就是父母雙親。阿祖葬在「后江頂」，也是我們的耕地旁，她的墓穴向東遙對著「田浦城」，也可看見「泰仔東」潔白的沙丘，以及「溪仔」的「紅赤土墩」。左邊的不遠處，是沙白水清的「許白灣」，一旦天氣晴朗，對岸層層的山巒和古厝、與天共一色的湛藍海水，浪拍巨巖的陣陣濤聲，圍頭海域的漁舟帆影，水平線上冉冉上昇的豔陽，盡在我們的眼簾裡。這塊絕佳的靈地，是精通風水地理、能擇日畫符的外公，為阿祖所選，母親一直引以為豪，但還是歷經不了時代的變遷。

自從父親往生後，昔日的幾畝良田已成草埔，不才的我，「文」的欠缺才華、「武」的缺少力氣，既沒有覓得一官半職，也不能繼承父親農耕的衣缽：一年難得上山一次、小而窄的農路，早已不見行人的足跡；沙礫石塊、帶刺的籐蔓野草，緊纏著衣褲的「猶查某」、「翠莓刺」已橫生出長短不一的枝椏，擋住前行路，必須小心地把它撐高或壓低，始能越過。幾年工夫，這片曾經種過番薯、土豆、番仔豆、大小麥、露稅、符豆、番麥；牧放過牛、羊的良田農地，此時已面目全非，滿山遍野，不是待收成的農作物，而是野火燒不盡、春風吹又生的雜草。而草地上、也不見低頭啃食的牛羊，空空曠曠、冷冷清清，竟連鳥兒也不願在此棲息，獨讓鼠輩日夜橫行。如果與五十年代寸土必爭，田埂上的雜草也輪不到旁人來鋤割、來牧牛的情景相比，彷彿是隔著一世紀那麼地久遠；先人如果地下有知，是羨慕時代的進步、生活水準的提高、現代人的好命，還是恥於怒責子孫忘本，竟把這片古早賴以維生的良田荒廢成草埔。

褲管纏著猬查某，挽起衣袖的小手臂，有一道道含血的傷痕；逐年成長的野生林木，讓我們迷失了方向。阿祖的墓園因沙土的流失已往下傾斜、田浦城已被高大茂盛的防風林遮掩住視線、潔白的沙丘也將從我們的記憶中消失。海水湛藍、濤聲依舊，出海冂的哨兵已不再查驗「拾蚵證」，駐軍已精減，留下幾座養蚊的碉堡，幾枚鏽蝕的地雷。在此地蟄居五十年的阿祖，再也聽不到「反攻、反攻，反攻大陸去」的雄壯歌聲、再也聽不到「三民主義萬歲」、「蔣總統萬歲」的呼口號。阿祖親眼目睹日本兵來了又走，也見過「青年軍」和「空衛」，更眼睜睜地讓國軍把門板、樓板、鋪板搬去築「工事」，一落四櫸頭的古厝，除了留下右廂房，以及一間櫸頭做「灶跤」外，其他全由國軍佔用。失修的戶龍厝，「角仔」、「柱仔」、「石寮」，全被拆得精光，阿祖的目屎無處流，一滴一滴吞入肚。每當母親向我們敘說這段往事，她哽咽的語聲，直教我們也淒然淚下。而此時，國共不再對峙，砲聲不再隆隆，我們是否能見到統一的腳步，聆聽和平的鐘聲，還是要再歷經一次苦難？在天堂的阿爸、阿嬤、阿祖三代，同時歷經過心靈與肉體的雙重折磨，而我們是幸運的一代，還是沒有根的浮萍？來年的清明，將會分外明。

春霧已籠罩整個山頭，我們把剩餘的「墓紙」，全部掛在阿祖的墓莊園：紅、白、黃、綠、藍，隨風輕飄。雖然它不能飄上天堂，也不能喚回遠走的歲月，不久，天堂上將有五代同堂相聚，而下一代是否能穿梭在這片荒廢的山區，尋找阿祖的墓地，為阿祖拈炷香、燒些紙錢，掛上五彩的墓紙，這或許是夢想、奢望！時代因進步而改變，人情因富裕而淡薄，傳統上的倫理道德，已約束不了新新人類；今天是清明，也是國定的「民族掃墓節」，而多少子孫趁著這個難得的假日，流連在電動玩具店、聲色場所中，寧願在街道中踢正步，也不願到先人的墓地走一回；這是一個令人痛心與失望的年代，一個前途無亮的悲慘世界。倘若對先人不敬，不以一顆虔誠感恩的心，來緬懷他們，年年清明，怎能清清又明明……。

一九九九年四月作品

長官

誰都知道：

「長官」是部屬對上司的尊稱。

「長官好」是下屬對上司的請安和致意。

而一位不善於奉迎拍馬、獨自在茫茫人海裡討生活的老年人，誰是他的長官？又該向那一位長官請安和致意？當這句嘹亮悅耳的聲韻脫口而出，祇見來人是一位穿著不入時、裝扮不入流、頭髮有些横躺貼膚，有些豎立微曲；紅潤的雙頰是有名的番薯品種——「紅仁種」，不是粉多的「秤陀番」，粗糙的雙手沾著黑色的油污，明眼人一瞧就能看穿他老哥是靠那一行「趁吃」的。不管上看下看、左看右看、前看後看，年齡足足小了好幾輪，怎麼會是老人家的長官？然而，不起眼的外表，並不能否定一個人的才華；雖然在官場上不得意，以薦任的高階，低就單位主官自封的組長。而那些瞎了眼的假文人，怎知廿幾年前，他那優美華麗的文學作品，已是「中央副刊」、「自由副刊」、「民眾副刊」、「新文藝月刊」的常客，《拾血蚶的少年》的出版，更奠定他深厚的文學根基。叫好又叫座的方塊，以簡潔的文字，銳利的筆鋒，來揭發人性的醜陋和虛偽、以細心和愛心，來啟發和歌頌人性的真、善、美。他要我們尋「根」，也教我們不忘「本」，因而，用這個通俗的筆名，寫下此生難以忘懷的篇章。

「組長」這個職稱，是老人家當年在軍中當聘員時的直屬長官，它是政治作戰部屬下的一個組，掌管民運、康樂、慰勞慰問和福利；組長軍階是上校，二年任內表現良好，又跟對了長官，保證幹上師主任；表現不佳，又不是長官的親信和老部下，調個部屬軍官，一年後準備回家當大爺。或許軍中比社會還勢利、還現實，當然不能說是黑暗；倘若讓保防單位知道，那是要倒大楣的！因為這是一個歌功頌德、奉迎拍馬的年代，喜歡聽的是美麗的謊言，喜歡看的是虛偽的假面，因而想在這個現實的社會討碗飯吃，那還真不簡單哩！老人家膽敢喚這位朋友為長官，並非沒有理由的，至少他不懼權勢、不怕打壓，敢為真理而辯，與他一位面惡心善、綽號叫「生銹面」的老組長，有許多雷同之處，而他這位老長官終於遇到伯樂，升了將軍。

長官生長在一個小小的蚵村，我們可以從他那些自述式的散文裡，看到他童年的身影，打著赤腳、背著書包、提著鮮蚵，上學兼賣蚵的坎坷歲月和成長過程；長大後，追求幸福的執著，卻不幸屈服於一筆龐大的聘金，肇成終身的遺憾；也分隔成二道冰冷的情牆：一是西柏林，一是東柏林，今生今世是否能統一，成為一個不再分裂的國度，還是要等待來生來世，再續情緣。

認識長官已有廿幾個秋冬，限於個人的工作環境，很少有長談闊論的機會。那時，他的文筆正處於鋒芒的巔峰；而我則在這片園地裡休耕。他一人主編二個版面，把言論與鄉情版編得有聲有色：言論上，正面的建言，負面的影響，都有條不紊地加以分析比較，讓讀者用心尺來衡量，而非模糊事實的焦點、讓讀者找不到方向。而僑居異地的浯鄉子民，思鄉的情愁，落葉歸根的心境，透過特約記者的實地採訪報導，傳達最新的鄉情鄉訊，讓旅外的浯鄉遊子，能盡快獲得家鄉的訊息。然而，正當他想為這份刊物貢獻一分心力，一紙命令把他調離衷心熱愛的編輯臺；幸好，這個單位的每一部門、每一項工作都難不了他。因而，我們肯定，想在這個佈滿陷阱的社會上求生存，除了本身的學養、能力外，更要有信心和鬥志，不能被外來的邪道所擊倒，要勇於與那些魔頭周旋，永不罷休！

不知從什麼時候開始，常在一起吹牛打屁的朋友們，也跟著老人家叫起了長官，而且聲音特別宏亮；不管在馬路、在街上、在那片沒有綠葉、只有紅花的木棉道上，一聲聲的長官，一句句的長官好。大家心裡有數，他是非常非常的「賭膦」的，因為他沒官做，也做不了官，這些「夭壽朋友」卻偏偏叫他長官。然而，賭膦歸賭膦，除非他吃錯藥，總不致於對這些老朋友發毛發火吧！當然，朋友們也相信，以他的才華、學識、苦幹實幹的「空坎膦」精神，以及經過國家考試的資格，並非沒有當長官的機會，而勇如憨牛的他，絕不輕率地妥協和遷就那些酬庸式的職位，也絕不替人擦屁股、在爛攤裡混日子。追求的是跟隨著清廉、有擔當的主子，尋求的是一個有尊嚴、能展抱負的職位，長官不長官，倒是其次。奉迎拍馬，用銀兩換取的官位，人人誅之、世代蒙羞，他更是賭膦到極點。

調整職務後，長官徹底地封了筆，不再出賣「筆相」，也不懼怕考績年年乙等，更不希罕那筆獎金；公餘時，他發揮了農家子弟的勤奮，以智慧和勞力換取酬勞，除了侍奉父母、貼補家用，供應弟妹的學雜費，還累積了一筆為數可觀的金錢。而不知是「財神」附身，還是行了「狗屎運」，在股票低迷的那段時間，他買進臺塑、仁寶、華碩、臺積電、宏碁、錸德……等公司的股票，準備做長期的投資，而不是短期的投機。當股票到手時，卻大漲小漲漲不停，長官開回家的，已不是「麵魯」，而是「戰車」。當除權配股，股子、股孫將相繼地誕生時，足可讓長官的戰車上，裝上幾挺機槍和大砲，一砲打死滿口謊言的政治家、二砲轟斃貪官污吏、三砲該如何瞄準，長官心知肚明……。

長官開的是一部歷史悠久的嘉年華車，卻買了賓士送給懸壺濟世的醫師弟弟。雖然，老舊的嘉年華車與克難精神和他的身價極端地不配，但所謂身價是與身分有所差異的，它必須有豐富的內涵、真實的本事，而身分只有華麗的外表，以它來稱讚社會人士較妥當。長官並非是人人敬仰的社會人士，那有身分可言。他的身價有多少，外人難以估算，至少他是臺塑，仁寶、臺積電、宏碁、華碩、鍊德⋯等大公司的股東，君不認為持一股也是股東嗎？何況長官曾經要用股票貼滿老人家的半面牆，到底持有多少張，價值多少，長官是老實人，不是「澎風水雞」，一旦說出來，勢必會「驚死」臉上貼金的貪官污吏和社會人士。諸君若不信，就去問問進財哥仔。然而，再怎麼進財，再怎麼發財，總沒有長官的狗屎運來的是時候，身為他的朋友，簡直高興莫名。而何時要請這些兄弟喝杯燒酒，沾點狗屎運，把苦酒化成甘泉，喝它個醉茫茫、醉茫茫⋯⋯。

人怕出名，豬怕肥。當然，長官並不是什麼名人，但文藝圈的朋友，不認識他的人很少；老人家與他更是無所不談，深知他潔身自愛的情操、嫉惡如仇的本性、樂善好施的為人，孝順父母、友愛兄弟的道理，都能在日常生活與言談中顯現。這雖然是做人的基本原則，卻難有幾人能身體力行、言行一致。老人家揭露了他的隱私，不得不禮讚他美好的一面，這在新聞專業名詞裡叫「平衡報導」，然而，長官最賭膦的就是人家寫他、談他，而在塋前徘徊的老人家，已江郎才盡、再也寫不出《失去的春天》或〈再見海南島，海南島再見〉，那麼纏綿的故事。彼此相識也非一春一秋，而僅能記下這短短的三言兩語，它雖不能代表長官此生中最美好的一面，卻能激發他的「痛」與「不快」，在有限的人生歲月裡，敢請長官海涵和寬恕；只因相識滿天下，知音沒幾人！少掉老人家這位朋友，相約到「強強滾」的機會將渺茫。更沒人能敘述山外溪畔，推到鐵欄杆的故事。雖然〈不說再見〉卻偶而地相見；在木棉道上、在那街深的復興路上，儘管是默默無語地相對，輕輕地擦身而過，而那含情脈脈的眼神，那永不褪色的深情，怎能閃過老人家的老花眼。念念不忘是美麗的回憶，款款深情是永恆的記憶，過去並不代表失去；長官，請稍安勿躁，且傾聽一首你最喜愛的歌曲——

素美小姐要出嫁

當那幽揚的歌聲如潺潺流水，流進心田，你的眼是微閉，或是睜開；你的心是靜止，還是劇烈地跳動。倘若三月的春花不開，秋天的落葉不再，失去了記憶，沒有了回憶，佇立在坎坷的人生道路上，是否有緣見到西天的雲彩……。

老長官是面惡心善的「生銹面」；新長官是傲骨嶙峋的「白頭翁」。誠然，老長官肩上有星光閃爍，新長官卻是才高八斗；同樣是組長，卻有不同的身分、身價和際遇；老長官以是、是、是，跟對了長官；新長官卻是未遇伯樂的千里馬。在人生的競技場上，尚未較量，輸贏難定，爭千秋，何須急於一時：祝福你了，親愛的長官，老人家不是肉麻當有趣，而是最虔誠的敬意……。

一九九九年五月作品

木棉樹下的沉思

門外木棉的枝椏又萌起綠色的新芽，嫣紅的花朵也隨著季節的轉換而凋謝。樹上與地下，是兩種截然不同的景象。花兒從含苞、綻放到落地，彷彿只有那短短的幾個星辰。今兒綠色的新芽已萌起，將加速樹上花朵的凋零。花開花落，只不過是現實人生中的一點塵埃，不必驚嘆、毋須惋惜。

許久未曾在這方有樹無蔭、枝椏交叉相連的木棉道上躑躅和漫步；自身彷彿是一頭用木杙釘在草地上的老牛，除了拉斷繩索，想拔除木杙談何容易？然而，如此的生活過久了，習慣成了自然，自然成了麻木，日復一日，黑夜又黎明，那還有什麼遠大的理想和抱負！竟連周詳的近程計劃也沒有。時光已走遠，鬢邊雪又霜，橫寫的川字是條深深的溝渠；汗水與血液相溶，溢滿乾澀無光的面頰，鼓起的眼袋、老人的斑紋，搖動的舊牙老齒終竟無緣再相磨。無情的歲月讓我們蒼老；春光將在塋前乍現，秋雨使屍骨腐蝕。人生的起伏，歲月的無情，是此生中最難以忍受的悲痛。當日薄西山、夜幕籠罩住這片失去光明的大地，凡間諸事將成空。倘若你有不捨，就點燃那盞搖晃不定的心燈，照亮你前行的路途；如果遠方是一座險峻的高山，崎嶇的山路寸步難行；雙旁的棘荊纏身，耳邊有孤魂野鬼的哀嚎，該挺身前進，小心攀爬，開拓出一條邁向高峰的路途。倘若中途歇腳而失去信心，待何日始能抵達美麗的新世界。

如果日有所思，夜有所夢；我的夢境將是一個陰沉荒涼的野地。人的言行是尾隨著成熟的思想前進，亮麗的外表將隨著失去的時光褪色。姑且不論春風來不來到這個島嶼，春雨是否下在這片田疇，純淨的土地已是污泥一片；政治家的謊言與空頭支票齊飛，燕窩鶯巢處處可見，不一樣的時代產生不一樣的人物；麻將的碰撞聲、低俗的酒令聲，神女與恩客的打情罵俏聲，是否聲聲入耳，還是令人厭惡？

過多的思想，是腦力透支的原委。開朗的心胸，始能心平氣和；過分的關心這片土地，對它的要求也相對提高。然而，我們擁有的只是一片赤子之心，呼籲再三，能起多少作用？亦無能為力從事改革，眼見社會的敗壞、人性的泯滅，可恥的是鄉親被鄉親所騙，朋友被朋友出賣；善良的父老、忠厚的友朋，往肚裡吞的苦水，勝過展現的歡顏。我們從苦難的歲月一路走來，心身的傷痕尚未痊癒，另一次災難將重現；它不是有形的砲火煙硝，而是無形毒素正在發酵；將逐步腐蝕我們的思想、吞噬善良純潔的心靈、腐化生活品質。

走吧，上舞廳，當舞棍；你摟我抱、搖晃著屁股，高挺的雙乳緊貼胸。半夜三更，正是人靜時，美麗的夜啊，柔和誘人的燈光，舞伴的低聲細語、耳邊的悄悄話、激情的舞留待後頭，好戲已開鑼，家庭革命尚未成功，舞棍們請繼續努力，以求貫徹。

走吧，到酒店，當孝子；一副紳士樣，酒女的低胸薄衫、短裙嬌聲，金錢已取代她的羞恥；大爺剛賣掉祖宗的幾畝田，不談學識、不講倫理，幾聲冷笑，把鈔票與五爪同時伸入酒女的胸罩裡。女的半推半就，口中的嘍啦嘍啦，卻迅速地引燃男性的慾火。阮無啥物，就是有錢！乎爽啦、乎爽啦！乎乾啦、乎乾啦！

她能禁得起塞進裙裡那把鈔票的誘惑，還是有聖母瑪莉亞的貞潔？當錢財散盡，她的冷嘲熱諷隨即替代了甜言蜜語；孝錯了對象、喚錯了娘。這是無知淺見，還是那些口沫橫飛、喪心病狂的政客首開先例，引進來的吸血鬼？她吭乾的何止是鄉親的血液，多少幸福的家庭因而妻離子散、多少齣家庭悲劇正在上映？淚水是一串斷線的珍珠，政客用它鋪成連任的道路，右手包娼、左手攬工程；搜刮民脂民膏，高喊著：親愛的鄉親父老，請您把神聖的一票投給敢說、敢做、不要錢、不要臉的X號，金門才有遠大的前程，無窮的希望！

走吧，打麻將；麻將是我們的國粹，經常動動腦才不會老人癡呆症。代表家裡三缺一；夫人那邊一缺三。麻將是方的，東南西北輪流轉，那有穩輸的。男女同桌，女糊男碰，誰說是男性的專利。一千底的衛生麻將已司空見慣，打通宵猶如家常便飯；戰地政務已解除，咱又是民意基礎雄厚的代表，誰又能把我怎樣？何況老娘是包贏不輸的；桌上輸的，桌下總可撈回來。老娘有雄厚民意基礎，亦有雄厚的本錢！不信，請接招，服了，請給錢；老娘從不詐，憑的是真本事、真功夫！講的是欺善怕惡的江湖義氣！而可憐的牌友們，有些是月入二、三萬的小公務員，有些是自稱的官太太，有些是入不敷出的小商人、頭家娘。一個晚上下來，已不是百兒八十的消遣，而是萬兒八千的豪賭。東南西北，方方想當贏家，熬夜無眠、心身疲憊，明日是否能提起精神為民服務，還是它只是一句美麗的謊言、欺人的口號；而頭家和頭家娘在國軍實施精實案的此時，商業的衰退、蕭條的街景，混碗飯吃也難的現在，竟有閒情逸致，消耗在這方賭城裡；明日的貨款、會款、稅款、該繳的利息、孩子的學費、家庭的生活費，都在今夜悄悄離去。然而，這句美妙的辭彙，卻是不幸的開始：倒會、跳票相繼地發生，高築的債臺、生活的困頓、信用的喪失，所受的折磨，是否比老人癡呆還難以承受？這神聖莊嚴的國粹，這冠冕堂皇的衛生麻將，已淪落成敗家的賭具、政客歛財的工具。一個平平凡凡的市井小民能「碰」嗎？或許碰到的是瘟神、賭鬼；能「胡」嗎？或許是糊里糊塗地不知怎麼輸的。人有與生俱來的貪念，與政客的謊言有異曲同工之妙。在牌桌上不想贏錢的有幾人；在政治舞臺上不說謊言的政客有幾位？要認清牌友的險詐、政客的嘴臉，想維持一個幸福美滿的家庭，少「碰」為妙；想不被政客耍得團團轉，就讓他「胡」不了！

走吧，還有什麼地方可去的呢？當然有。人的羞恥心如果遭到腐敗社會的矇蔽；一味地追求感官的享受，進口的野花處處聞、含毒的花香處處飄，當你被刺得遍體鱗傷、心肺吸進了毒素而失去功能。病變是顆無形的炸彈，一爆不可收拾。往往，小人的讒言是聖旨，忠言常被譏為真道學、假聖人。「先爽再講」、「過癮卡好吃補！」經常在我們的耳際繚繞，我們發覺，補吃多了，有時也過不了癮，只是以低俗的言辭來掩飾殘缺不全的心靈、不要臉的心態。然而，何止如此，開口「操」，閉口「操」，連自己的祖宗八代也不放過；滿腹牢騷、一肚歪論，自以為是才高八斗的狀元郎、多金多銀的社會人士，想不到一拆穿，卻是一個人人欲誅之的「烏雞仔仙」。這是現實社會的通病、毒瘤，何時何日始能把它劃除和栓塞，還給我們一泓清澈的湖水、一片無灰的淨土，以及一顆未經污染的心……。

初萌的新芽，尚不到綠葉蔽天時，稀疏的紅花、雜亂的枝椏，春天已走過新市街頭，徒留我原地踏步。我將閉目沉思，勿教我睜眼瞎看，寂寞的紅磚道是我暫時的歇腳處，而不是歸途。美麗的人生離我們愈來愈遠，虛偽不實的社會教我們憂心，先人深踩的腳印，是榜樣，不是鴻溝。有幸目睹社會的繁華和進步，卻也看到它的頹廢和腐化。人生果真是如此交錯而成的，還是我們已失去鬥志和希望？木棉樹下的沉思，紅磚道上的冥想：疑問如同解不開的謎題。先人賜予我們的智慧，敵不過新新人類的思維，我們感嘆世風的日下，也悲傷教育的失敗。倘若時光能迴轉，寧願回到五十年代的歲月裡，生活雖清苦卻踏實；沒有華麗的衣衫卻樸素，資訊與文化的貧乏，卻沒有不良的歪風陋習、氾濫的春光色情；父賢子孝、詩禮傳家；我們擁有的是古中國的傳統美德。然而，此刻所思，卻是不實際的虛幻，再也喚不回走遠的時光，失去的歲月……。

一九九九年六月作品

綿綿春雨

如果雨與陽光讓我選擇，我較偏愛雨。

如果大雨與小雨何者較讓我傾心，我喜歡細雨的柔情。

或許，我的選擇過於牽強，一位上了年紀的白頭老翁，必須經過陽光的映照，始能讓他即將枯萎的生命，帶點盎然的綠意，而久落不停、滿地泥濘的春雨，是否能滋潤那片乾旱的心田，讓滿山遍野，開滿嫣紅的春花……。

遠方是白茫茫的霧氛，臉上滿佈微風和細雨。早臨的春分寒意未減，破傘難擋疾風，卻能撐住苦雨。倘若這霏霏的細雨沒有寒意，微風不再吹起水中的漣漪，季節不再變遷、時光不再走遠，我們將永恆地留下這片美麗的大地。然而歲月悠悠，往事只留在逐漸褪色的記憶裡，如果腦力猶存，失可復得，每一段絢爛綺麗的故事，將盈滿我心靈。而此刻，溪畔春雨綿綿、流水潺潺，流走我一生中最珍貴的青春年華，留下雪霜雙鬢、異樣的人生歲月。

溪中的水草浮萍，低垂的青青柳葉，滿佈苔蘚的水泥護堤；年輕時，曾經賞析過這方美麗的景緻，但那時年少，只是一眼帶過的瀏覽，假裝的浪漫，不懂得以賞美之心來面對，也欠缺一份認識自然、瞭解自然的悠閒之情，一味地追求虛名，似懂非懂、塗塗寫寫想在一夕之間寫出驚天動地萬古流芳的不朽篇章。終究，幼稚的虛幻要被成熟的思想淘汰，時光也在安逸中一去不復返。二十年的不思不想不寫，並沒有把我的文筆提昇到另一個境界，揮灑的依然是一些不入流的作品，更別想在這塊園地佔有一席之地。誠然，想多了對自身是一種無形的傷害；不想則以一個空洞肥大的頭殼愧對良心。如果這場春雨是因我而落，潺潺溪水便是我的血液，樹葉上的水珠，翠綠的草坪，是我遠大的前程？還是含淚的眠床？我不願敘述和思索。

濛濛的山巒飄著微雨，遠處的草木覆著白色的霧氛。春天的腳步已非第一次來到這個島嶼，春雨亦非首次降臨浯鄉的田野。節令快速地更迭，常教我們措手不及；剛從寒冬走來，卻逢綿綿的春雨季，濕透的鞋襪、沉重的腳步，已難登上崎嶇的山峰，只能在山腳下仰望。

微雨已淋濕了我的髮絲，水珠在我額上的溝渠滾動，頰上彷彿有雙垂的淚水落下，體溫難減頸上的冰涼。我在一棵茂盛的木麻黃樹下歇腳，倘若是為了走更遠的路、爬更高的山，暫時的歇腳並不能讓失血的身軀復元。前進的路途將離我愈來愈遠，翻山越嶺是奢望，也是冥想。或許，只能在這春雨中的木麻黃樹下踏步、沉思；然而，腦細胞逐漸地被歲月吞噬，徒留一地的泥濘。

燦爛的春光，遮掩住陰霾的細雨。友情的馨香，展露我少年時期的歡顏；一年的中學教育所獲得的知識雖然有限，但有幸，我的名字卻在三十餘年後新編的同學錄裡出現。初中肄業是我此生最高的學歷，當今的民選縣長、國民黨的主委、以及從軍報國的將軍、得意於商場的富商巨賈、為民服務的民意代表、作育英才的夫子們，好些都與我有一年同窗之誼。雖然有些高高在上不正眼瞧人，但我何嘗不是以斜眼來看他們！有些仗勢欺人、口出狂言，我會四指緊握、獨伸中指，猛捧三下，高嚷：呸！呸！呸！呸！當然，我吐出的是唾液，不是癆病鬼傳播病原的痰黃。

某年的某一天，我曾經舉起手，準備向一位棄官從商的同學打聲招呼，只見他腋下夾著一本厚厚的帳冊，傲氣十足的臉，扣著一副黑框眼鏡，仰頭看天，視我而不見，蒼穹裡燦爛的陽光，卻給我一副迷人的笑臉；我傻傻地不知所措，笑靨頓時從我臉上消失，我罵了一聲很少從我口中出爐的單一字，深知他代理一家名牌食品，賺了些錢，既了不得，又不得了。向老芋仔學來的那個「操」字，雖然不雅，但我卻操聲連連、連連操聲，自認為修養不好、品德欠佳，因為面對的是當初把我當同學，今天「發」了，不識人的「錢棍」、「財奴」，當我忍下這口氣的第二年，一陣經濟風暴把他掃得人仰馬翻，他厚著臉皮來求助，我的風度卻非常差，馬上拉下臉，回給他一個「幹」字，只因為我們是同學，

「雖然不同班，但總是同學嘛！」他開口向我借錢時說的。

並非我往自己臉上貼金，當今在官場、商場、軍中一路發的同學不少，見了面總是握手寒喧，聊上幾句，誰也沒有擺出高官闊老的姿態，而讓我印象極為深刻的卻是一位情同手足的拜把兄弟，除了同學的情誼，三十餘年來，我們守著一份彌足珍貴的手足深情，雖然我的經濟狀況不如他，但不管多麼地拮据、多麼地艱困，絕不向人伸手、開口，始終維持一份清高脫俗純友誼；因而談不上誰照顧誰，誰又蒙受了誰的恩惠。

突然，他老兄拜了戰地政務之賜，一夕間發了，搖身一變由「員」成「長」，我內心的興奮真是難以言喻：他不僅是我的同學，也是情同手足的好兄弟，他在官場發了，我當然高興，這是人心的自然反映，不是貪圖他來照顧我，更不想從他身上謀取自身的利益，這是一種可恥的行為。然而，經過多次的接觸和言談，從他身寬體胖的身軀，我相當清楚：官大了，應酬多了，學會了油腔滑調，凸出的肚皮讓人噁心，黃色笑話一簍筐；這也是現今社會真實又可愛的一面，肉麻當有趣是社會人士慣用的伎倆？窮途易潦倒，官大會變質。起初，對這幾句話心存疑惑，我一直信服友情是無可取代的君子之交，任你才高八斗、官大財粗，依然是同學和兄弟。然而，我的推測是美麗的錯誤，當他從我販賣書報的小攤位經過，他尋找的不是老同學，而是那些沒有生命的美女寫真集；展現的不是為人楷模的官大人，而是人人欲誅之的「豬哥相」，友情也隨風而去。有永恆的同學，有不變的手足深情，君可見，那有不下臺的官大人？當他回歸到現實的社會，亦是他孤獨無依的時刻。向他請安和問好是諷刺而不是恭維，坦誠地面對，不變的手足深情、同學情誼才是我們此生該追求的，美麗的花朵、短暫的風華、像那繚繞的雲煙，來得快，消逝得更快！

我一直念念不忘一位女同學，她是我們班長的小學同窗，長得清純秀麗又高䠷。據說在小學時，他們很好；當然好並不能詮釋成愛，愛是長大成人以後的事；況且那時，男生理光頭，女生髮絲齊耳，個個都像小蘿蔔頭，愛從何處來？那年，班長以第一名的成績考上初中，傲人的成績獲得許多女同學的青睞，我也因此沾了光，認識了多位女同學。然我來自貧窮的農村，營養不良、發育也不全，個兒小，她們叫我小弟，我卻沒有勇氣喚她們大姐，因為「歹勢」啦。初一很快地結束，父親實在籌不出讓我繼續升學的費用，我無怨無悔地輟學，幫助農耕，同學的名字和影像，也深藏在我少年時的記憶裡。

時光很快地溜走，失去的光陰換取我們的成長，雖然同在這個島嶼，但各人擁有的是一片不一樣的天空，軍、政、工、商、士、農，都有我初中一年級的同學，但我始終不敢高攀，也恥於相認。他們都受過完整的教育，是現今社會的菁英，而我是大字初識的草莽，認我這個同學，有失身分和顏面，只因為我是人生舞臺上，一個卑微的小角色，沒有利用價值，何來同學情誼。然而，我班長小學的女同學，也曾與我同窗一年的女同學，她始終把我當成同學，或許我多次重複的語詞要遭糾正，但我必須凸顯出這份與眾不同的同學情誼。自從離開學校後，我們就未曾碰面和連絡，聽說她高中畢業後，在縣政府任職，爾後嫁給了一位懸壺濟世的醫生，辭去公職定居在臺北。而聽到她的聲音，卻是十幾年後，從電話筒裡傳來，的確讓我訝異和驚奇，她報出自己的名姓，問我記不記得？我提高嗓門，不加思索地說：「當然記得。」那時，她已偕同先生回鄉執業，在金城民生路開了診所，知道老同學在新市街頭擺攤賣書報，隨即訂下《讀者文摘》、《時報周刊》、《國語日報》。雖然這三份刊物不能為我帶來龐大的財富，然老同學的心意，卻讓我感激和窩心。

在終日為生活奔波勞累下，我的胃機能曾經亮起了紅燈，不得不求診於老同學的先生，而她為我倒了水，免收掛號費，告訴先生，我是她的同學。在他的細心專業、精湛醫術的診斷下，不適的胃部神速地復元。而過後不久，卻不幸聽到他的噩耗，無情的病魔奪走他寶貴的生命。浯鄉痛失英才，同學痛失夫君。在尚未擷取幸福的果實時，卻已天人永隔：一在天堂，一在人間。幸而，堅強的同學並沒有掉進痛苦的深淵裡，很快地擦乾淚水，把診所內堪用的醫療器材悉數捐贈給醫療單位，以合格的公務員證書，重新覓得一份工作，含辛茹苦、獨力撫養子女，而今女兒已師院畢業，為人師表；兒子就讀國防醫學院，是未來的醫師。當她帶著女兒打從新市里走過，沒有仰著頭，刻意閃避，而是在我經營的小書攤前頓足停留，尋找老同學的蹤影，叫聲老同學的名字，告訴女兒：阿叔是媽媽的同學。我一直敬佩這位不以勢利眼光看世界的老同學。年少時的清純並沒有隨著歲月改變，反而化成一道真誠藹然的光芒，照亮現實社會的黑暗面。

在短暫的人生歲月，我只讀過一年初中，卻擁有許許多多的同學。我忍受過無情的奚落，也獲得溫馨的情誼；我見過惜情講義的老同學，也親眼目睹因升官發財而扭曲變形的同學嘴臉。我是冷眼看人生呢，還是心中有愛亦有恨？為何在這綿綿春雨下，不靜靜地沉思而牢騷滿腹？人間沒有完人，社會何能完美？濕淥淥的青草地，留不住我的泥腳印，卻任我踽踽獨行。而何方是我的落腳處？誰又願扶我走完坎坷人生路，是綿綿春雨，還是——無情的歲月……。

一九九九年七月作品

挖

新市街道經常地挖挖填填又補補，街的那一頭是美麗的千瘡，街的這一邊有悅人的百孔。今兒卻挖起木棉樹下的紅磚道，敲碎了歇腳椅，砍斷撐凸紅磚的木棉根，滴落的露珠，彷彿是一串串悲傷的淚水，只因為它敵不過銳利無情的斧頭，以及鐵石心腸的人類……。

橫過馬路環繞廣場的木棉道，從它初植到成長，從它光禿的枝椏到粗壯的主幹，從新芽到枯葉，開花又凋謝；我們已是十餘載的老鄰居、好朋友。我曾經在歇腳椅上享受綠蔭下的清涼，也曾經在紅磚道上躑躅和漫步。綠葉未曾有繁花點綴，百花也莫須綠葉襯托。季節把它們分成兩個不同的世界，葉落花開，花落枒萌，當綠葉蔽天時，主幹卻佈滿綠色的青苔，雖然它有不均勻的地方，卻顯現一份殘缺的美；而殘缺卻源於自然，源於一個亙古不變的定律。自然何嘗不是美的定義！

他們在木棉道與馬路的間隔處，挖了一條小壕溝，連綿不斷的梅雨，不見工人，只見散落一地的棄物和工具。而這條尺來寬的壕溝，卻讓我快速地把已逝的時光轉回，雖然不能喚回失去的歲月，卻啟開了我童時記憶的酒窖。

那年，我才十一歲，砲聲依然在這塊小小的島嶼不停地隆隆，西天有雲彩，島上有戰事。幼小的心靈承受太多的苦難。砲聲響，彈片飛，這似乎是司空見慣，只是幸運地、僥倖地，那震耳的砲聲，銳利的彈片，僅掠過我的耳際和頂上；學校的停課，並非教我們躲在防空洞裡求生，依然得尋機、找空隙，隨著父親上山挖籃番薯、摘些蔬菜，以維生機。或許被匪砲擊斃，有人同情，餓死是活該。往往父親讓我擔負的是肩頭難以負荷的重，空中砲彈的咻聲，與我的氣喘聲，同樣地難忍；放下重擔喘口氣，臥倒在壕溝裡等彈爆，都是同樣的心情。這條蜿蜒的小壕溝，由村內直達海岸線，它並非用來避彈，而是軍方架設電話線的專用道。我的身軀尚不及它的寬度、深度，雙拳緊握撐胸，臥倒在裡面，並不能躲避在空中穿梭、隨時會落地的砲彈碎片。空爆彈的殺傷力，動植物都必須屈服於它的淫威；它火紅的一片片，不是半空中掉下的雪片，誰也沒有勇氣獨坐在窗前。

砲火如果沒有為自身造成傷害，卻始終無懼於它的存在：聽多了砲聲，聞多了煙硝，半空中閃爍的火光，彷彿也不在意。操縱者畢竟是人，也直接地讓我們累積了許多經驗：什麼時刻能安全地在田裡幹點活，不管是播種或收穫，戰事總會過去的，生存才有希望。在這個苦難年代，雖然不能升學、獲取更多的知識，只能為這個貧困的家盡點綿薄心力，為父母分攤肩頭的重擔，其他別無冀求，也無從選擇。

為了閃避不長眼的落彈和碎片，以及方便臥倒掩護自己，經常地，我們會順著這條窄小的壕溝往返住家和耕地；但也只限於荷鋤或空手，如果牽了牛，挑了擔子，遇上隆隆砲聲和落彈，已不能弓身爬著或臥倒，只有鬆開牛繩，任牠狂奔；放下重擔蹲下，雙手抱頭或摀耳，這些熟悉的動作，不是與生俱來的，而是砲火的洗練。我們也在砲彈濺起的泥沙中，逐漸地成長。

曾經，我在臨海的鐵絲網旁摘取野菜，因為田裡已沒有多餘的番薯或籐葉餵養豬隻，野菜是唯一能填飽牠們饑餓的肚腹。不管砲火多麼猛烈，人與家畜也衍生著密不可分的情感。牠們與人類一樣，只有被落彈擊斃，不會被餓死。砲火一旦稍停，從防空洞中出來，餵養家畜，往往是第一要務。在農家，摘野菜、割柴草，與一般的農耕沒有兩樣。鐵絲網旁少有人靠近，野菜的籐葉長得肥大又青翠，滿滿的兩籮筐，比父親幫我起肩的兩畚箕番薯還重。當我把過長的籮繩打好了結，上了肩，那夭壽的砲彈就落在我的不遠處，嗆鼻的硝煙，滿頭滿臉的泥沙，野菜與生命同等地重要。我看不見自己臉上是什麼色彩，它讓我心驚，不是膽跳。肩上的重擔壓彎了我的腰，泥沙從我的頭上掉下，遮掩住我的臉，又是一陣咻聲巨響，我並沒有失去知覺，濃煙彌漫著整個山頭，蜿蜒的山路，遙遠的路途，坎坷的命運：我腦裡想的似乎不是這些，腰也不再彎，氣也不再喘，用手拂去臉上的泥沙，坐在田埂上，癡望著掠空而過的金光，是嚇呆了，還是嚇傻了，腦裡已浮現不出一絲記憶……。

那晚，母親拈了香，在祖先的牌位前跪下，感謝先人的慈悲，保佑我平安回家。然而，我卻吃不下母親為我準備的「蔥頭油泮麵線」，在這個砲火連天的苦難時代，這碗麵線雖是難得的佳餚，而我卻難以下嚥，靜坐在椅上，聽遠方傳來的砲聲，看閃過天邊的火光，而後無懼於漆黑的豬欄，抱了一把野菜，悄悄地放進豬漕裡。豬隻快速地爬起，搶吃著野菜，相互推擠的聲音，劃破沈悶的夜空。我雙眼凝視夜裡的豬欄，修長瘦弱的豬隻，沒有「歐羅肥」商標上的肥胖樣，前爪攀著牆壁，伸長脖子發出讓人憐憫的饑餓聲。如果沒有我冒死摘回那擔野菜，那一聲聲饑餓的哀嚎，將是飼主心中的悲痛。野菜泮著清水和米糠，雖不能撐起牠們圓滾的肚皮，至少可以維持牠們的生命。砲火總會停的，野菜被摘下勢必又重生。人類費盡心血飼養牠們，期望的是牠們長大好出售，以牠們的生命換取油、鹽、米、麵，來改善砲火為我們帶來的苦難生活。

砲聲又激烈地響起，夜間多數是宣傳彈，撿了宣傳單，不能偷看、收藏，必須繳交村公所。然而，落下的彈頭，一樣讓人粉身碎骨；我們不得不躲進在芭拉樹下挖掘的地洞：洞口是一條丈來長的壕溝，只容許一個人進出，洞內是土質較硬的「紅赤土」，深入地層約二丈，弓身入內，只能蹲著，或坐在冷冽潮濕的地上。在這個苦難的年代，以為這方地洞就是一處安全的避難所，或許，它能躲避尖銳的彈片、震耳的砲聲；如果彈落在周圍，不必擊中洞頂，雖然慶幸沒被擊斃，但也會被倒塌的土方活埋。生命或許不該在這場戰火中滅絕，它只造成我們生活上的艱困和恐懼，並沒有帶給我們傷亡。當然，同處於島上的島民，歷經這次戰役，各人的命運和際遇有所不同：家破人亡，大難不死；終身殘廢，僥倖逃過；不同的鄉里，不一樣的傳聞；不同的姓氏和聚落，承受著相同的命運。受創的何止是我們的生命和財產，內心裡、心靈上所承受的，才是永恆的悲痛。

戰爭雖然已輾過四十餘年的日月星辰，往事卻栩栩如生地顯現在眼前。木棉樹下新挖的壕溝，彷彿也挖起我深埋的記憶。然而，腦中浮現的似乎只是它的片段，還有多如廢墟裡的瓦礫，尚未被揭起。當有一天，我的思維不再受限於俗務，行筆依然如水流，我願以一盞即將枯竭的心燈，燃起希望的光芒，照亮廢墟裡的一磚一瓦，不加粉彩，讓事實重現。

歷史是一面明鏡，歲月教人蒼老，沒有歷經戰火的孩子永遠長不大，亂世並沒有把我們塑成英雄，誰願踩著我們的腳步前行？誰又是歷史的見證人？無情的歲月即將把我們的軀體化為靈身，我們從苦難中一路走來，幸福卻在遙遠處，我無憾、無悔，亦未冀求虛偽不實的慰藉，且讓時光繼續走遠，徒留滿天繁星閃爍……。

一九九九年八月作品

國家圖書館出版品預行編目

陳長慶作品集. 散文卷 / 陳長慶作. -- 一版.
臺北市 : 秀威資訊科技, 2006[民 95]
冊 ; 公分. -- 參考書目：面
ISBN 978-986-7080-09-7(第 1 冊 : 平裝).

855 95001363

語言文學類 PG0078

【陳長慶作品集】—散文卷・一

作　　者 / 陳長慶
發 行 人 / 宋政坤
執行編輯 / 李坤城
圖文排版 / 張慧雯
封面設計 / 郭雅雯
數位轉譯 / 徐真玉　沈裕閔
圖書銷售 / 林怡君
網路服務 / 徐國晉
出版印製 / 秀威資訊科技股份有限公司
台北市內湖區瑞光路 583 巷 25 號 1 樓
電話：02-2657-9211　傳真：02-2657-9106
E-mail：service@showwe.com.tw
經 銷 商 / 紅螞蟻圖書有限公司
台北市內湖區舊宗路二段 121 巷 28、32 號 4 樓
電話：02-2795-3656　傳真：02-2795-4100
http://www.e-redant.com

2006 年 7 月 BOD 再刷
定價：330 元

讀　者　回　函　卡

感謝您購買本書，為提升服務品質，煩請填寫以下問卷，收到您的寶貴意見後，我們會仔細收藏記錄並回贈紀念品，謝謝！

1.您購買的書名：____________________________

2.您從何得知本書的消息？

☐網路書店　☐部落格　☐資料庫搜尋　☐書訊　☐電子報　☐書店

☐平面媒體　☐ 朋友推薦　☐網站推薦　☐其他__________

3.您對本書的評價：(請填代號　1.非常滿意 2.滿意 3.尚可 4.再改進)

封面設計____　版面編排____　內容____　文/譯筆____　價格____

4.讀完書後您覺得：

☐很有收獲　☐有收獲　☐收獲不多　☐沒收獲

5.您會推薦本書給朋友嗎？

☐會　☐不會，為什麼？____________________________________

6.其他寶貴的意見：____

____

____

____

讀者基本資料

姓名：____________________　年齡：______　性別：☐女 ☐男

聯絡電話：________________　E-mail：____________________

地址：____

學歷：☐高中(含)以下　☐高中　☐專科學校　☐大學

☐研究所(含)以上　☐其他_______________

職業：☐製造業 ☐金融業 ☐資訊業 ☐軍警 ☐傳播業 ☐自由業

☐服務業 ☐公務員 ☐教職　☐學生 ☐其他__________

請貼
郵票

To：114

台北市內湖區瑞光路 583 巷 25 號 1 樓

秀威資訊科技股份有限公司　　收

寄件人姓名：

寄件人地址：□□□

(請沿線對摺寄回,謝謝!)

秀威與 BOD

BOD（Books On Demand）是數位出版的大趨勢，秀威資訊率先運用 POD 數位印刷設備來生產書籍，並提供作者全程數位出版服務，致使書籍產銷零庫存，知識傳承不絕版，目前已開闢以下書系：

一、BOD 學術著作—專業論述的閱讀延伸
二、BOD 個人著作—分享生命的心路歷程
三、BOD 旅遊著作—個人深度旅遊文學創作
四、BOD 大陸學者—大陸專業學者學術出版
五、POD 獨家經銷—數位產製的代發行書籍

BOD 秀威網路書店：www.showwe.com.tw
政府出版品網路書店：www.govbooks.com.tw

永不絕版的故事・自己寫・永不休止的音符・自己唱